体感訳 万葉集

令和に読みたい名歌36

上野 誠

NHK出版

体感訳　万葉集

令和に読みたい名歌36

『万葉集』とは

『万葉集』は、八世紀の中葉に成立した歌集です。天皇から庶民にいたるまでの四五一六首の歌うたが、二十巻に収められています。大伴家持が編纂に関わったとされていますが、はっきりとはしません。私たちは、この歌集を読むことによって、飛鳥《あすか》時代と奈良時代に生きた人びとの声に接することができます。

ひらがなとカタカナが成立していなかった奈良時代の人びとは、歌をさまざまな漢字の使い方をして記していました。宮廷に伝承された行事の歌うたである雑歌《ぞうか》、恋歌である相聞《そうもん》、さらには死にまつわる歌である挽歌《ばんか》などの分類（部立）があります。この本は、その一首一首を味わうために書かれた本です。

はじめに――令和と『万葉集』

（「梅花の歌」の序文と代表歌）

体感訳とは

本書がいう「体感訳」とは、直訳を踏まえて作られた作者の心意を重んずる訳のことである。時として、語彙と文法に忠実に訳しても、その歌の心に到達することができないことがある。それは、当時の表現法と今日の表現法とでは、表現法が異なるからである。だから、心意まで到達できないのである。そこで、表現のあり方までを射程に入れて、訳文を作るのである。

たとえば、九頁の巻五の八一五番の歌は、正確に訳すと、

正月が立ち　春がやって来たならば　梅を招きつつ　楽しく過ごそう

となる。しかし、今日、正月が立つとは言わないし、「梅を招きつつ」といっても、その言わんとするところが、伝わらない。「正月立ち」は「お正月がやって来て」といえば、わかる。この歌の場合は、作者の大弐《だいに》紀《き》卿《きょう》は、主賓であり、作者は、ほんとうの主賓は自分ではなく、梅だと言いたいのである。そこで、この二点を訳文のなかに盛り込んでしまい、こう体感訳を作ってみよう。

来年もお正月がやって来たらさ　このように梅を主賓として　たのしいたのしい宴をして
楽しみましょうよぉー

このように、歌の意を汲んで、その気分を訳す。それが「体感訳」である。つまり、今ならこういった表現で、その心意を表現するだろうというところまで訳すのである。こういった訳出法を私は「体感訳」と秘かに呼んでいるのである。

うららかな春の景

『万葉集』の時代は、決して平和な時代ではなかった。

打ち続く飢饉、政争、緊迫する東アジア情勢。しかし、人びとは、世界最大の金銅仏を造ったし、遣唐使たちは東からやって来た君子であると、その礼儀正しい姿が誉めたたえられたのであった。

「令和」の新元号は、『万葉集』の巻五に収められている梅花の宴の歌三十二首を束ねる序文の一節から採られている。友との楽しい宴はこんな良い日に行なわれた。新春のめでたい月に、天候にも恵まれて、風は頬に優しく、梅の花の白いことは白粉《おしろい》のよう、その香りは匂い袋のようだった、と記されている。

時は、初春《しよしゆん》の令月《れいげつ》にして、気淑《よ》く風和《やはら》ぎ、梅は鏡前《きやうぜん》の粉《ふん》を披《ひら》きて、蘭《らん》は珮後《ばいご》の香《かう》を薫《かを》らし

たり。

これを、原文で示せば、「于時、初春令月、気淑風和。梅披鏡前之粉、蘭薫珮後之香。」となる。

しかし、その梅花の宴の一年前には、長屋王《ながやのおおきみ》が謀反の疑いをかけられて、死に追い込まれている。時の宰相が、失脚して自死しているのだ。新羅《しらぎ》との関係は、悪化していたし、予断を許さない政治情勢だったのである。こんななかで、平城京から九州・大宰府に赴任をしていた役人たちが、大宰府の長官であった大伴旅人《おおとものたびと》の邸宅に集ったのである。彼らは、口々に春の到来を寿ぎ、梅の花を讃えて、歌を作ったのであった。

時代の趨勢

多くの渡来人たちを受け入れて、氏と姓を与えて、共生した万葉時代の人びと。渡来人は、朝鮮半島と中国だけでなく、インド、ペルシャにも及ぶ。ちなみに、大伴旅人の秘書役は、余《よ》明軍《みょうぐん》という百済《くだら》人であった。長屋王邸宅の木簡を見れば、新羅や高麗《こま》の人びとが身を寄せていたことがわかる。万葉の時代ほど、グローバルな社会はなかったといえよう。

一方で、万葉びとは、自らの祖先の物語を『古事記』と『日本書紀』に残したし、大和言葉で歌うことの楽しさを知っていた。外に眼を開きつつ、自らの足元もしっかりと見つめていたのである。外国の文字である漢字の音を借りて、大和言葉を記そうという発想そのものが、グローバルかつ、ローカルな発想ではないか――。人生のなかで、もっともすばらしい時間とは、どんな時間なのだろうか。気のおけない仲間たちと、楽しい宴のひと時に興ずる。そんな時間こそ、至福の時間だろう。

良き時に花は咲く

人生の良き時とは、そんなに長くはない。だからこそ、うららかな春の日を楽しもうぞ、という思想が、ここにはある。しかし、万葉の時代、東アジアを取り巻く情勢は厳しく、疫病は民のみでなく、多くの政治家の命を奪った。飢饉と政変は枚挙に暇がない。そんな時代に、私たちの祖先は、世界最大の金銅仏を造り、繊細微妙な表情の阿修羅像を造った。そして、『万葉集』は、偽りのない心の真実を伝えているのである。

大伴旅人の子供である、大伴家持《おおとものやかもち》は、父とその盟友であった山上憶良《やまのうえのおくら》の和歌に感銘を受け、多くの歌うたを収集してゆくことになる。それらの歌うたが基礎資料となって、『万葉集』は八世紀の中ごろに成立する。万葉びとのような歌を作りたいと念じた人びとは、『古今和歌集』以降、和歌の道を究めようと、歩みを続けることとなった。今日、『万葉集』は、『源氏物語』と並ぶ国民文学のひとつということができる。かの明治維新を成し遂げた人びとも、万葉歌人の心にあこがれた人びとであった。『万葉集』が、新しい時代を作ったのである。そして、また、今……。

梅花の歌を読む

「令和」の由来となった「梅花の歌」の序文は、以下のような内容である。

序文（書き下し文）

梅花《ばいくわ》の歌三十二首〔并《あは》せて序〕

天平《てんぴやう》二年正月十三日、帥老《そちらう》の宅《いへ》に萃《あつ》まりて、宴会を申《もよほ》すことあり。

時は、初春《しよしゆん》の令月《れいげつ》にして、気淑《よ》く風和《やはら》ぎ、梅は鏡前《きやうぜん》の粉《ふん》を披《ひら》きて、蘭《らん》は珮後《ばいご》の香《かう》を薫《かを》らしたり。加以《しかのみにあらず》、曙《あけぼの》の嶺《みね》には雲移り、松は羅《うすもの》を掛けて蓋《きぬがさ》を傾《かたぶ》けたり。夕《ゆふへ》の岫《くき》は霧《きり》を結び、鳥は縠《うすもの》に封《と》ぢられて林に迷《まと》ふ。庭には新蝶《しんてふ》舞ひて、空には故雁《こがん》帰りたるをみゆ。

ここに、天を蓋《きぬがさ》として地《つち》を坐《しきもの》として、膝《ひざ》を促《ちかづ》けて觴《さかづき》を飛ばしたり。言《こと》は一室の裏《うち》に忘れさりて、衿《ころものくび》を煙霞《えんか》の外に開く。淡然《たんぜん》として自《みづか》ら放《ゆる》し、快然《くわいぜん》として自ら足《た》りぬ。もし、翰苑《かんゑん》にあらずは、何を以《もち》てか情《こころ》を攄《の》べむや。詩には、落梅《らくばい》の篇《へん》を紀《しる》すといふことあり。古《いにしへ》と今と夫《そ》れ何ぞ異《こと》ならむ。園梅《ゑんばい》を賦《ふ》して、聊《いささ》かに短詠《たんえい》を成すべし。

（巻五の八一五～八四六序文、小島憲之他校注・訳『萬葉集②（新編日本古典文学全集）』小学館、一九九五年。ただし、私意により改めたところがある）

これを現代語訳に訳してみると以下のようになる。

序文（訳文）

梅花の歌三十二首とその序文

時は、天平二年正月十三日のこと。私たちは、帥老すなわち大伴旅人宅に集って、宴を催した。それは、折しも初春のめでたき良い月で、天の気、地の気もよくて、風もやさしい日だった。旅人長官の邸宅の梅は、まるで鏡の前にある白粉のように白く、その香は帯にぶら下げる匂い袋のように香るではないか。その上、朝日が映える嶺は雲がたなびいていて、庭の松はうすものの絹笠を傾けたようにも見えた。時移り夕映えの峰に眼を転ずれば、霧も立ちこめて、鳥たちは霞のうすぎぬのなかに閉じこめられて、園林の中をさまよい飛ぶ。一方、庭に舞い遊ぶのは今年の命を得た蝶だ。空を見上げると昨秋やってきた雁たちが帰ってゆくのが見える。この良き日に、私たちは天を絹笠とし、大地を敷き物にして、気の合った仲間たちと膝を交えて酒杯を飛ばしあって酒を飲んだ。かの宴の席、一堂に会するわれらは、言葉すらも忘れて心と心を通わせ、けぶる霞に向かって襟をほどいてくつろいだのだった。ひとりひとりのとらわれない思いと、心地よく満ち足りた心のうち。そんなこんなの喜びの気分は、詩文を書くこと以外にどう表せばよいというのか——。かの唐土には、舞い散る梅を歌った数々の詩文がある。昔と今にどうして異なるところなどあろうぞ。

さあ、さあ、われらも「園梅」を題として短歌を詠みあおうではないか……。（拙訳）

以上の序文の解説を踏まえて、「梅花の歌」をいくつか読んでみよう。

正月《むつき》立ち　春の来《きた》らば　かくしこそ　梅を招《を》きつつ　楽しき終《を》へめ〔大弐紀卿《だいにききやう》〕（巻五の八一五）

まず、最初に歌ったのは、紀朝臣男人《きのあそみおひと》という男である。彼は、大宰府の長官であった大伴旅人に次ぐナンバーツーの位置にあった。だから、開宴を告げる大役を果たしたのだろう。「毎年毎年、春がやって来るたびに、このように梅を迎えて、楽しく過ごそうよ」と、歌っている。これは、明らかに、宴の主人である大伴旅人に対する挨拶の言葉である。酒と肴を出すのは、主人であろうから、開宴の歌では、必ず主人を讃《たた》えるのである。「毎年毎年、このような宴を開きましょうよ」とは、この宴が楽しいからそう言うのである。これは、主人に対する最大の賛辞といえよう。よくぞ、この宴会を開いてくれました、というわけである。

こんな歌もある。「青柳と梅の花とを頭に挿して、楽しく酒を飲んだ後は、散ってしまってもよい」という歌である。

青柳《あをやなぎ》　梅との花を　折りかざし　飲みての後《のち》は　散りぬともよし〔笠沙弥《かさのさみ》〕（巻五の八二一）

なんと我儘な男だ。笠沙弥という男は。しかし、この表現は、この宴の今が最高だ、というところに力点があるのである。だから、宴会が終わった後なら散ってもかまわない、と歌うのである。じつは、「沙弥」とは、僧侶のこと。一応、仏教では飲酒は禁止されているのだが、

『万葉集』を見る限り、それが守られていた形跡はない。しかも、この男、死後に隠し子がいたことが露見した男で、当時の僧侶としては失格者だろう。歌は、軽妙でもあり、豪快でもあり、なんだか憎めない男のように思われる。

ここで、本書のいう体感訳を示すとこうなる。

青々とした柳とね　梅の花とを折って頭に挿してね　楽しく飲んだその後は　後は野となれ山となれ　散ったってかまわんさ　今が最高――

力点は、「今が最高」というところにあり、そのおかしみをかもしだそうとした心意まで訳出せよというのなら、私は以上のように訳す。

やはり、宴の主人である大伴旅人の歌を紹介しないわけにはゆくまい。旅人は、「散りゆく梅は、まるで天より舞い来る雪のよう」と歌う。雪と見紛《みまご》う梅の白さを歌っているのである。地に咲く花を、天より舞い降りた雪に見立てているのだ。そんなことあるまいに、と声が上がれば、歌った旅人の思うツボ、ということになる。あり得ないから、おもしろいのだ。

我《わ》が園に　梅の花散る　ひさかたの　天《あめ》より雪の　流れ来《く》るかも〔主人《あろじ》〕（巻五の八二二）

ここでも、体感訳を示すと、

我が家の園に　梅の花が散る　まるでまるで天より雪が　流れてやって来たように――

となろうか。

人生を楽しまないやつなんて、人が死ぬということの本当の恐ろしさを知らない馬鹿者さ――。花が咲いて、酒があるなら、みんなで宴会だ。ただ飲むだけじゃあ、つまらない。歌合戦といこうじゃないか。これが、序文と三十二首を貫く思想である（拙著『万葉びとの宴』）。上役も下役も、みんな歌を出せ。お坊さんだって、酒を飲んで、花見を楽しめ、というのである。私は梅花宴の歌を読むと、必ず次の言葉を思い出す。「踊る阿呆に見る阿呆。同じ阿呆なら踊らにゃソンソン」という、あの囃し言葉だ。世の中無常さ、来世のことなんて考えたってしょうがないよ。今を生きることが大切じゃないのかい。万葉びとは私の耳元で、そう囁く。

私は、本書から、そういう万葉びとの囁きを聞き出してほしいと願っている。

では、どうやってその囁きを聞くのか？

名歌を格調高い訳文で味わうというのも一つなのだが、現代人の言葉から離れた訳となってしまっては、逆に原文の味わいを損ねてしまう。ならば、どうすればよいか。そう、歌の意を汲んで、その気分を訳す、「体感訳」の出番である。逐語訳の訳文と比較して味わってほしい、と思う。

賀名生《あのう》梅林

体感訳 万葉集 令和に読みたい名歌36

目次

＊本書では、以下の用語を使用しています。
【体感訳】歌の直訳からさらに歌の心情に踏み込み、作者が歌を作った時の気分を斟酌して、著者が独自に作った訳文をいいます。

【ことば】ことばの意味、使用法、文脈の中で果たす役割などを解説したもの。語釈。

【解説】歌の解説。著者の歌に対する考察。

【原文】『万葉集』原文。左記の参考文献をもとにしています。

【訳文】体感訳を用いないオーソドックスな訳文。

【歌人】歌人名が記されている場合は、略歴を載せました。作者未詳の場合は記載していません。

＊本文引用の「万葉歌」は、漢字で書かれた原文を漢字仮名まじり文に直しています。
＊本書では、読み下し文は、新字体・旧仮名づかいにより、ルビについても旧仮名づかいに従っています。本文は新仮名づかいを用いています。引用原文の漢字は参考文献に従っています。原文以外の漢字は、すべて常用漢字および現在通行の字体を用いています。

＊参考文献　『新編日本古典文学全集　萬葉集①〜④』（小学館）

第1章 恋のうた、別れのうた

断ち切れない思い！

夜《よ》に寄する

よしゑやし
恋ひじとすれど
秋風の
寒く吹く夜《よ》は
君をしそ思ふ

（巻十の二三〇一）

体感訳

えぇーい、ままよ！
恋しく思ったりなんかもうしない！
でもね、秋風が
寒く吹く夜だけは……
あなたのことが、恋しくなるの

ことば

よしゑやし 「ええ、ままよ！」と捨て鉢な気持ちを表す言葉。不満ではあるが、こうなっては容認するしかないという気持ちを表した表現である。そういう気持ちを「よし」に詠嘆の助詞「ヱ・ヤ・シ」を付けて表現している。あれこれと考えぬいて、悩みに悩んで得た結果なので、自分でその未練を断ち切ろうとふっきって、こういう言い方をするのであろう。

恋ひじとすれど 「恋しく思ったりすまい、と心に誓うのだが」という意味。

秋風の 原文は「金風」。「秋」に「金」の字を用いるのは、五行説によるもので、「秋」の色は「金」である。

寒く吹く夜は 「秋風寒し」と「秋風涼し」で用例数をみた場合、万葉では、圧倒的に「寒し」が多い。

君をしそ思ふ 「君」は、一般的には女性が男性を呼ぶ言い方と考えてよい。その原則に従えば、女歌となる。体感訳は、ふっきってもふっきっても断ち切れない女歌として作成した。

解説

シャンソン万葉歌

「歌」という文芸は、「うた」の「かたち」（歌体やリズム、メロディー）と「心情」が密接に結びついているので、一つのステレオ・タイプというものでできあがりやすい。演歌の酒は日本酒だし、海は漁師の働く海だが、ニュー・ミュージックなら、酒は洋酒に、海はサーフィンの海となる（いうなれば、リゾートの海）。私は、『万葉集』を読む時に、この歌は今の演歌にあたるだろうか、この歌はフォークソングにあたるかな、この歌は流行歌にあたるかな、この歌は浪花節にあたるかなと思いを巡らすことがある。現在の音楽のジャンルに当てはめて考えてみるのである。

では、私なりの考えで分類してみると、この歌は、どのジャンルになるか？　それは間違いなく、シャンソンに分類されるであろう。

私って、ダメな男に惚れてしまったのね！　でもね、秋風が冷たく吹く夜は、あの人が思われてならない……というような切ない心情を表しているのだろう。秋風が寒く吹く夜。寒いなとふと感じた時に、人は人恋しいと思うもの。そんな夜にはあの男のことが思われるのであろう。「よしゑやし」という言い方は、捨て鉢な言い方。ところが、後半部はあきらめの気持ちが読み取れる。この大きな落差がおもしろい。

人の心の一瞬をとらえた歌だ。好きになった相手を嫌う気持ちと、それでも好きだという気持ちが、裏と表になっていて、それは瞬間に入れ変わる。そういう気持ちの変化が「秋風」によってもたらされたのである。この歌がとらえたのは、まさしく、その一瞬だと私は思う。

短詩型文学はスナップ写真である

以前、とある雑誌で、歴史学者の故・上田正昭さんと対談したことがある。その時、上田さんがこんなことを話された。

「私は、日記をつける代わりに、ことあるごとに、歌を作るんですよ。歌というのは不思議なもので、何十年経っても、その時々に作った歌を読むと当時のことがまざまざと思い出される」と。私は、上田さんの話を聞いて、歌人の故・河野裕子さんの言葉をふと思い出した。かつて河野さんは私にこう言ったのである。

「皆、歌を作ろうと思うと力んでしまうんですよ。歌は日記の代わりだと思って作ればいいんです。そうすれば、素直に歌ができます」。

上田さんの話と、河野さんの話は裏と表ではないか。

さて、今回取り上げた歌も日記だと思って読むと、おもしろい。作者は、人肌恋しい季節となって、ふと、別れた男のことを思い出したのであろう。それを、日記風に書けば「〇×月〇日晴、秋風が寒い。ふとアイツのことが気にかかる。もう、恋なんかしないと心に決めたのに……」となろうか。

短詩型文学は、やはり日記だ。つまり、その時々の一瞬の心の陰影を切り取って固定化する役割を持つのである。ところが、人の心は、そこからまた動いてゆく。だから逆に、人はなつかしく古い写真を見るのである。あの時は、そうだったなぁ、と。歌は、言葉で切り取った日常世界、スナップ写真だ。いや、心のスナップ写真かもしれない。

原文

忍咲八師　不恋登為跡　金風之
寒吹夜者　君乎之曾念

訳文

ええいもう恋などするものかと思ってはみても、秋風の寒く吹く夜だけは、あなたのことがしのばれます

性愛を語る女歌

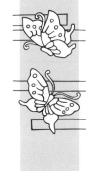

さし焼かむ　小屋《をや》の醜屋《しこや》に
かき棄《す》てむ　破《や》れ薦《ごも》を敷きて
打ち折らむ　醜《しこ》の醜手《しこて》を
さし交《か》へて　寝《ぬ》らむ君故《ゆゑ》
あかねさす　昼はしみらに
ぬばたまの　夜《よる》はすがらに
この床《とこ》の　ひしと鳴るまで
嘆きつるかも

（巻十三の三二七〇）

体感訳

焼き払ってしまいたい　ちっぽけなおんぼろ小屋に
捨てさってやりたい　破れ薦敷いて
へし折ってやりたい
（アノ女の）汚らしい不恰好な手と
手と手を交わしあって……
共寝をしているだろう　アナタのことを思うゆえに
あかねさす　昼はひねもす
ぬばたまの　夜は夜もすがら
この床が　ひしひしと鳴るまでに
（私は悶え！）嘆いてしまう

ことば

さし焼かむ　小屋の醜屋に　「さし」とは接頭語で、「焼く」という行為を表現するために冠せられたと考えるとわかりやすい。「なぐってやりたい」を「ぶんなぐってやりたい」と強調するのと同じである。それは、小さなおんぼろ小屋と書かれている。こちらは、恋敵を貶《おとし》める表現である。

かき棄てむ　破れ薦を敷きて　「かき」も、「さし」と同じ効果のある接頭語。「棄てる」だけでは、気が済まないのである。「破れ薦」も、恋敵を貶める表現。

打ち折らむ　醜の醜手を　ここも「折る」だけでは気が済まないのである。「打ち折り」たいのである。古代の文学では、女性美を手や腕で代表させて表現することが多く、その手を折ってやりたいのである。

さし交へて　寝らむ君故　手を「さし交へて」寝るという行為が示すところは、当然性交である。

あかねさす　昼はしみらに　「あかねさす」は、日や昼に係る枕詞。

ぬばたまの　夜はすがらに　「ぬばたまの」は夜ないし黒に係る枕詞で、ここでは「あかねさす」「ぬばたまの」が対置している。

この床の　ひしと鳴るまで　床は、今日のベッドと考えてよい。だから、性的な妄想にふけって、激しい自慰行為などに及べば、「ひし」と鳴ってしまうのである。

嘆きつるかも　つまり、男を思うと、ついついこう嘆いてしまうのである。

解説

人気の歌

当該歌は私の授業では、人気の歌である。この歌を解説するときだけは、一〇〇パーセント学生は生き生きと授業を受けてくれる。意見を求めると、堰を切ったように饒舌に意見を述べはじめる女子学生。そして、受講生全員の顔があがっている。なぜなのだろう。かくいう私も、大学一年生の時、この歌をはじめて読んだ。その日の驚きについては、今も忘れることができない。なぜ、これほどまでに、この歌が学生の心をつかむのか。花鳥風月を愛で、切ない恋心を歌うのが「和歌」だと思っていた私には、むしろ異様な歌に思えたのである。もちろん、この歌は『万葉集』でも、とびきり異色の歌である。ならば、どこが異色か。まず、恋敵の家に火を放ちたいと、冒頭に叫んでいる点である。以下まさに機関銃のように攻撃の言葉は続く。

こういう怒りの表し方は、以後の和歌世界からは、排除されてしまう表現といえるだろう。もし、継ぐものがあるとすれば、歌の世界ではなく、『源氏物語』や『蜻蛉日記《かげろう》』などの平安女流文学の世界であろう。

以上のように見てゆくと、この歌は『万葉集』では、孤立無援の異色の歌ということになるが、そうとばかりはいえない。なぜならば、万葉歌の世界を広く見渡せば、当該歌を「待つ女」の文学の一つと認めることができるからである。万葉の時代は妻訪《つまど》い婚《こん》という結婚の形式が、広く行なわれていた。それは、夫婦が同居せず妻の住居に夫が訪れることで、結婚生活が営まれるという婚姻の形態である。こういった結婚生活においては、妻は一般に夫の訪れを待ち続けることになる。以上のような古代の結婚生活の特質を背景に発達したのが、恋人や夫の訪れを待つ女歌の世界である。それが「待つ女」の文学、といわれるものである。当該歌も、その一つといえるだろう。

女歌のかたち

異色ということでいえば、恋敵の寝室にいる「君」を想像して歌い、歌の聞き手ないし読み手を性愛のイメージ世界に導いてゆく点でも、異色であるといえよう。

床で睦み合っている恋人と恋敵に思いをはせ、悶々とする自己が後半で描かれているのである。「この床の　ひしと鳴るまで」とは、床がきしむ音を表現した擬音語である。「床」を正倉院宝物の「御床《ごじょう》」のような木製のベッドと考えれば、まさにベッドのきしむ音と考えてよい。

それは、明らかに性的な妄想に取りつかれ、煩悶する寝姿を連想させる音なのである。その音を、この歌は伝えているのである。まるで、映画の一シーンを見るようではないか。

性を赤裸々に語る現代の女歌。その作者たちは、この歌をどのように読むのだろうか。聞いてみたいところである。

原文

刺将焼　小屋之四忌屋尓　掻将棄　破薦敷而
所挌将折　鬼之四忌手乎　指易而　将宿君故
赤根刺　昼者終尓　野干玉之　夜者須柄尓
此床乃　比師跡鳴左右　嘆鶴鴨

訳文

火をつけてしまいたいおんぼろ小屋に、捨て去ってしまいたい破れ薦を敷いて、たたき折りたい汚らしい手と、手と手を交して寝ているであろうあの人のことで、（あかねさす）昼はひねもす、（ぬばたまの）夜は夜もすがら、この床がひしひしと鳴るほどに、ため息をついたことであるよ

恋の道行　草香越え

草香山《くさかやま》の歌一首

おしてる　難波《なには》を過ぎて
うちなびく　草香の山を
夕暮《ゆふぐれ》に　我《わ》が越え来《く》れば
山も狭《せ》に　咲けるあしびの
悪《あ》しからぬ　君をいつしか
行《ゆ》きてはや見む

右の一首、作者の微《いや》しきに依《よ》りて、
名字《みやうじ》を顕《あら》はさず。

（巻八の一四二八）

体感訳

夕日映える難波をあとにして
風になびく草ではないけれど、
草香の山を夕暮れ私が越えてゆくとね……
山も狭しとアシビが咲き乱れている
アシビの花ではないけれど、
悪しくはないあなた。
あなたに一刻も一刻も早く行って
ア・イ・タ・イ！

ことば

おしてる　難波に係る枕詞。「忍照八《おしてるや》」（巻十六の三八八六）の例もある。ただし、ここはオシテルと訓む。照り輝くの意で、水辺に照り映える夕陽の美しさを讃え、その地の素晴らしさをいう枕詞。生駒《いこま》山から望む夕日の美しさについては、「直越《ただご》えの　この道にてし　おしてるや　難波の海と　名づけけらしも」（巻六の九七七）があるので、そういう印象を留めたものとみたい。

難波　現在の大阪と考えてよい。淀川と旧大和川の河口の港。古代においては、海に開けた港の都の一つであった。

うちなびく　春に係る枕詞（巻八の一四二二）の例があるが、ここでは草香の山に係る。風にしなやかになびく草原の美しさをイメージすればよい。

草香の山を　生駒山の西北にあたり、大和（奈良）と河内（大阪）との境の地。東大阪市に日下《くさか》町の地名も残る。

我が越え来れば　直越えの道（直線道）と称せられた道。大阪と奈良とを結ぶ現在の暗峠《くらがりとうげ》越えで、生駒谷に出る道と考えるのが通説。

山も狭に　山も狭いと感じられるほど咲いている景を思い浮かべればよい。

咲けるあしびの　同音を繰り返して「悪しからぬ」を起こしている。

悪しからぬ　「悪し」はわるい。「悪しからぬ」だから悪くはない。いとおしいのである。ここまで述べてきた部分はすべて、この「悪しからぬ」を引き出すためだったのである。同じようなかたちに「春山の　あしびの花の　悪《あ》しからぬ　君にはしゑや　寄《よ》そるともよし」（巻十の一九二六）もある。

君　君は上位者に対する敬称だが、男女の間では女性から男性をさして呼ぶ称と考えるのが一般的。例外もあるが、通例に従えば、女性が男性をさして言ったと考えられる。

いつしか　「いつになったらそのようになるだろうか」という気持ちから、早く実現させたいという気持ちを表す表現として用いられる。

作者の微しき　作者の身分が低いので、名字を記さなかったの意。この書き方を素直にとれば、編纂者は作者名を知っていたことになる。ただ、民間で広く歌われていたが故に、このような書き方をしたとも考えることができよう。

解説

道行歌とは

道行歌とは、地名を道に沿って列挙してゆきながら、あたかも道を進むかのように歌う歌のかたち。この歌では、「我」の移動が歌われている。難波から草香山を越えてめざすのは、書かれてはいないが平城京である。つまり、「我」は難波から一直線に平城京に向かっているのである。対して、大和川沿いに平城京をめざす竜田道もあった。こちらは、遠回りではあったが、平坦な道であり、急峻な山道となる「日下の直越え」より、一般的であった。そういうことがらを勘案してこそ、いとおしい人に早く会いたいという気持ちが伝わってくる。君を一刻も早く見たいのである。

序の巧妙

道行歌となっている序は、山も狭しと咲いている「あしび」に表現が集結するのであるが、その「あしび」の花ではないが、「あしからぬ」と続く。つまり、歌意は、「あしからぬ」すなわち「いとおしい」あの人に早く逢いたいというところにしかないのである。したがって、長々と述べられた道行歌部分は、「あしからぬ」の「あし」を起こすための序でしかないのである。

最初から耳を澄ませて聞いていた聴き手、冒頭から歌意を探ろうと読み進めていた読み手は、「あしからぬ」のところまできて、「なぁーんだ、歌意は『悪しからぬ　君をいつしか　行きてはや見む』の三句にしかないのか」と肩すかしをくらってしまう。じつは、この肩すかしが、この歌のオチなのである。

しかし、序とはいいながら、聴き手、読み手の脳裏には、それまでの道程と馬酔木《あしび》の花の景が思い浮かぶわけで、それでいてオチは、いとおしき恋人に早く逢いたいというところに落ち着くところに当該歌の妙味がある。序の巧妙というべきものであろう。「その手は桑名の焼きはまぐり（＝その手はくわない）」「そいつはイカの金玉（＝いかん）」などと同じように、聴き手や読み手を目くらましする表現なのである。つまり、三句で言えるところに、九句の修飾句が付いているわけで、文脈を追い、意味を追究する聴き手と読み手に遠回りを求め、遠回りさせられたと気づかされて、オチに気づく仕掛けとなっている。
直截な、わかりやすい表現によって、主題を明示することばかりが、日常生活では求められているのだが、こういった表現もあるのである。非合理の世界である。

原文

忍照　難波乎過而　打靡　草香乃山乎
暮晩尓　吾越来者　山毛世尓　咲有馬酔木乃
不悪　君乎何時　往而早将見

訳文

（おしてる）難波を過ぎゆきて、（うちなびく）草香の山を夕暮れに私が越えてゆくと、山も狭しとして咲いている、あのあしびではないが、あしく思わないとして、あなたのもとへ早く行き、お目にかかりたいものです

恋人の息を吸う！

君が行く
海辺《うみへ》の宿《やど》に
霧《きり》立たば
我《あ》が立ち嘆く
息《いき》と知りませ

（巻十五の三五八〇）

体感訳

あなたが旅行く
海辺の宿にね
もしね霧が立ったらだよ
私が都で立ち嘆いている
息だと思って私のことを思い出してちょうだいよ

ことば

君が行く　「あなたがゆく」という言い方だが、「君」は女性が男性に呼びかけるのが一般的用法だから、女性が旅立つ男に対して呼びかけた表現となる。

海辺の宿に　「ヤド」は、「宿るところ」であり、宿舎をいう。この作者の女が、船旅をする男の停泊する港のことを思い浮かべて、「海辺の宿」と表現しているのである。もちろん、二人は夫婦か恋人であることは間違いない。

霧立たば　「霧」「雲」「波」「霞」「風」などの人知・人力の及ばぬものが、眼前に発生するということを「タツ」という。現代風にいえば、自然の理によって、その場に立ち現れる現象をいうのであろう。

我が立ち嘆く　息と知りませ　自らが都で嘆く息が、男の旅先の海辺の宿で霧となって立ち現れるといっているのである。つまり、霧が出たら私の息だと知ってほしいと歌で訴えたのである。

解説

遣新羅使人とは?

これは、遣新羅使《けんしらぎし》の妻が、夫に対して、恋しい気持ちを訴えた歌である。『万葉集』の巻十五には「遣新羅使人」の歌が収載されている。この歌群(三五七八～三七二二)を読むと、天平八(七三六)年に任命され、新羅へと赴いた人びとの旅路を難波津出港から、大和帰還まで辿ることができる。ただし、対馬《つしま》から先の新羅に着いてからのことは、歌も記録も存在しない。ここは、憶測を呼ぶところだが、不明というほかはない。

　遣唐使といえば有名だが、遣新羅使というとご存じない読者も多いかもしれない。唐に派遣された使節なら「遣唐使」であり、新羅なら「遣新羅使」、渤海《ぼっかい》国なら「遣渤海使」ということになる。奈良時代においては新羅から導入された技術や文化も多く、古代外交史や古代文化史は、遣新羅使を抜きに語ることはできない。その船旅の様子が、使節の人びと、すなわち遣新羅使人の歌によってわかるのである。そして、その妻の歌も。

　しかし、天平八年の遣新羅使人は、苦難の使節であった。大使の阿倍継麻呂《あべのつぐまろ》は帰途、対馬で病没。副使の正六位上大伴宿禰《おおとものすくね》三中《みなか》は病で約二か月も帰京が遅れたのをはじめ、多くの使人が天然痘と思われる病にかかったようだ。しかも、新羅との外交関係は最悪期にあり、新羅の都に入ることを許されずに、帰還させられた使節だったのである。その苦難の使節たちの旅日記が、遣新羅使人歌群なのである。

男と女の息

　動詞「生く」の連用形が「生き」であり、それが「息（いき）」の語源であるとも考えられるし、逆に「息（いき）」が、「生き」の語源とも考えられる。あたりまえのことだが、生きるということは息をするということなのである。その息は、外気温が下がれば、白い息となる。つまり、口や鼻から出る白い息は、人間のもっている生きている気配・息吹きそのものであり、生命そのものであると考えられていたのである。その人間の生命を表象する「息」が、霧となって、想い人の眼前に現れると歌っているのである。
万葉歌四五一六首のなかで、好きな歌をといわれると、私はこの歌を挙げることが多い（というのは、その時々で気分で変わるので、いつもこの歌とは限らないということである）。なぜかといえば、旅立つ男に対する女の思いが伝わってくる歌だからだ。一度でいいから、こんな恋歌を贈られてみたいものだ。まさに、情熱的な恋歌。一方で、嫌いな人の息は、吸いたくもない。息とは不思議なものだ。
ちなみに、こういった恋歌を贈られたであろう男の歌がある。

我《わ》が故《ゆゑ》に　妹嘆くらし　風速《かざはや》の　浦の沖辺《おきへ》に　霧たなびけり　（巻十五の三六一五）

私のことで、妻は嘆いているらしい。風速の浦の沖辺には霧がかかっているではないか

沖つ風　いたく吹きせば　我妹子《わぎもこ》が　嘆きの霧に　飽《あ》かましものを　（巻十五の三六一六）

沖から風が、ひどく吹いて来たら、わが妻の嘆きの息の霧を、思う存分に吸い込めるだろうになあ……

風速の浦（＝現在の東広島の安芸津町）に停泊した時の歌である。三五八〇番歌と風速の浦の二首が

いかなる関係にあるかは不明だが、対応させて読むと、歌によって心を通じ合わせた男女の思いが伝わってくる。

原文

君之由久　海辺乃夜杼尓　奇里多〻婆
安我多知奈気久　伊伎等之理麻勢

訳文

あなたがお行きになる海辺の泊に、霧が立ったならば、私が立ち嘆いている息だとお思いください

心の距離を表現する

明日香宮《あすかのみや》より藤原宮に
遷居《うつ》りし後《のち》に、
志貴皇子《しきのみこ》の作らす歌

采女《うねめ》の　袖《そで》吹き返す
明日香風《あすかかぜ》　京《みやこ》を遠み
いたづらに吹く

（志貴皇子　巻一の五一）

体感訳

昔、采女の袖を吹き返した明日香風……
みやこが遠くなった今となっては——
ただいたずらに吹くだけ
（風だけが吹いている）

ことば

采女の　字足らずだが、今は「うねめの」と読まれている。「采女」は、大和朝廷に帰順、服従した証に、地方豪族が宮廷に献上した娘たちをいうが、一方で彼女らは、務めを終えて故郷に帰り、都の文化を伝える役割を果たしていた。鄙《ひな》に雅びを伝えたのである。采女は、人質でもあるが、宮廷の花であり、地方への文化の伝達者でもあったのだ。

袖吹き返す　明日香風　袖は振れば相手への親愛の情を示すものとなり、濡らせば悲しみの表現となる。また、袖の呪術もあった。明日香風は、明日香を吹く風と考えればよいが、明日香に向って強く吹く風なのか、明日香から吹く風なのか、二通り考えられる。おそらく、この歌の場合は、明日香で感じられた風とくらいに考えればよいのではなかろうか。

京を遠み　「遠み」は「遠し」のミ語法で、「遠いので」と訳す。『万葉集』の「みやこ」は、天皇の宮（居所）のあるところという意味だから、ここでは明日香の都を示す。だから天皇が旅をすれば、その宿泊地も「みやこ」なのである。

いたづらに　無用に、むやみにの意。心の中にポッカリ空いた埋めがたい穴があるということだろう。

解説

そこにあったものがなくなった空虚感を歌う

甘樫丘《あまかしのおか》に登ると、この歌の歌碑がある。ここから見ると東南には明日香を望むことができる。

さらに北に眼を転じると天の香具山が見える。そこから左のほうに眼を転ずれば、藤原宮の跡が広がっているのが望めるのである。

明日香宮から藤原宮に都が遷ったのは、時に、六九四年のこと。今となっては、もう明日香は都ではないのだということを、作者・志貴皇子は実感したのである。

私は、この歌を読むと、はしだのりひことシューベルツの『風』(作詞・北山修　作曲・端田宣彦)の歌詞をいつも思い出す。「そこにはただ風が吹いているだけ」という、あのフレーズである。志貴皇子も「そこにはただ風が吹いているだけ、昔は都だったんですが……」と歌っているのであろう。かつてあったものが今はない寂しさである。

この歌に思いをはせるには、たとえば、廃船になって、今では使われなくなってしまった船を思い浮かべるとよい。また、廃校となった校舎を思い浮かべてもよいだろう。また「ああ、自分はここで昔遊んだんだけどな」と。

心的距離と虚無感

距離というものには、三つの距離というものがある。

一つは、物理的距離である。たとえば、三センチとか一〇〇キロという距離である。二つめの距離は、時間的距離である。徒歩三分、飛行機で三時間という距離。三万光年という言い方もある。物理的距離は、速度の速い乗物を使えば、短縮することができる。新幹線ができると夜行列車がいらなくなるように。

対して、三つめの距離は、心的距離をいう。つまり、心で感じる距離である。「恋をする道は千里も一里」というが、恋をしている人は、道の長さなどいとわない。対して、親しくしていながら急によそよそしくされると、心が遠く感じられる。距離で認識される遠近と、時間で認識される遠近、そして心の遠近があるのである。

さて、明日香から藤原宮までは、せいぜい二キロしかない。どんなにゆっくり歩いても三〇分はかからない。作者・志貴皇子は、それでも「都を遠み」と感じたのである。

つまり、これは、物理的な距離や時間で認識される距離などではない。おそらく、心の距離だ。五九二年以来、天皇の宮が置かれていた明日香から、藤原へ都が遷ってしまった寂しさと空虚感を志貴皇子は歌ったのであろう。

百年の都が……今となっては！　という感嘆の情が、今となっては空しく吹くしかない明日香の風でにわかに巻き起こったのである。

近代短歌は、「自己」や「自我」を強く意識して、自らの心情を読者に問いかけてきた。それは俳句と違うところだ。その中には、心の距離すなわち、ヒトやモノとの心の疎密や距離を歌った名作も多い。千三百年前に、志貴皇子が味わった空虚感に接して、現代の読者の皆さんがどう感じられたか、聞いてみたいところだ。

もう、都があった時のあのにぎやかさを望めないと知ったときの寂しさ。そこに作者の感傷の気持ちがあるのである。

原文
婇女乃　袖吹反　明日香風
京都乎遠見　無用尓布久

訳文
采女の袖を吹き返した明日香風は、京が遠いので無駄に吹いている

歌人
志貴皇子（未詳－七一五年、七一六年の二説あり）
天武天皇八（六七九）年の六皇子盟約に参加している皇子である。六皇子盟約は、皇位継承争いを避ける誓いであり、その可能性は低いとはいえ、皇位につく可能性があったとわかる。天智天皇の皇統を後代に伝え、後に田原天皇の称号が贈られる。

第2章 家族のうた、くらしのうた

稲刈りと猪、そして鹿

魂合《たまあ》はば
相寝《あひぬ》るものを
小山田《をやまだ》の
鹿猪田《ししだ》守《も》るごと
母し守《も》らすも
〈一に云ふ、「母が守《も》らしし」〉
（巻十二の三〇〇〇）

体感訳

二人のたましいとたましいが
通じ合ったなら……
共寝もしましょうものを——
お山の田んぼは鹿や猪が出やすい
そんな「シシダ」を見張るように
お母さんは私を見張るのよ（マッタクー）
〈一の本に言うことには、
「お母さんが見張っていたのよ（マッタクー）」〉

ことば

魂合はば　相寝るものを　原文を「意合者」と認定するか、「霊合者」と認定するかを含めて、「こころあへば」「こころあはば」と訓むか、「たまあへば」「たまあはば」と訓むかは、議論があるところ。一応、ここでは「たまあはば」と訓むことにする。「たまあふ」ということは、魂と魂が逢うことをいうが、それは肉体から魂が離脱することを前提とした表現といえよう。ということは、体から脱け出た魂が逢うということになる。それは現在でいうなら、心が通じ合うことをいうのであろう。とすれば、現代語に直せば「フィーリングが合う」というほどの意味になるか。そのような、霊的、精神的な出逢いに対して、生身の身体が出逢うことを「直《ただ》に逢《あ》はば」（巻二の二二五）といった。以上のように考えてゆくと、「心が通じ合えば、共寝もしましょうものを」というほどの意味となる。「相寝《あいぬ》る」とは、共に一夜を過ごすことをいう。もちろん、それは肉体関係を前提とした表現である。

小山田の　鹿猪田守るごと　「の」は同格の助詞。「鹿猪田」は「シシダ」と訓む。なぜかといえば、鹿と猪は日本における大型獣の代表だからである。鹿も、猪も「シシ」なのである。したがって、「シシダ」は鹿や猪などが出て荒らす田ということになる。「守《も》る」は鹿や猪が入って来ないように見張りをするということである。したがって、小山田であって、鹿や猪が出やすい田という意味となる。

母し守らすも　〈一に云ふ、「母が守らしし」〉「母し」の「し」は強意。「守らす」は「守ル」に敬語の「ス」を付けたかたちである。末尾の「も」は詠嘆の終助詞。編纂者が見た別の資料には、末尾句が過去形になっており、それを編纂者が注記として残している。お母さんが守っておられるのよという意となる。万葉の母は、娘を監視する母といってよいほどで、当該歌もその例の一つ。母親に反撥する男の歌か、自分の母親に自分が大人であることを言いくるめる娘の歌か、にわかに決め難い。私は、娘の歌として体感訳を作ってみた。

解説

万葉の母と娘

『万葉集』には、母と娘の深い関わりを感じさせる歌もたくさんある。ことに、娘の結婚に関しては、母親がその婚姻承諾権をもっていたようだ。ここでいう「婚姻承諾権」とは、婚姻を認める権利で、娘は母に結婚の許可を求めたのである。

「小山田」とは、山間地の田圃のことなのだが、山間地の田圃は獣害を受けやすかったので、厳重な見張りを必要とした。見張り小屋を作って、やって来る獣を弓で射ったのである(「タヤ」「タブセ」)。それを、おもしろく喩えに使っているわけで、フィーリングさえ合えば、共寝をしてしまうものなのに、「小山田の鹿猪田」を見張るように、お母さんが私を見張っているのよ、と娘は大胆にも言い放つのである。

そう読めば、母の娘への執拗なまでの見張りが、ユーモラスに表現されている歌ということになる。「私に無断で娘に近づくやつは許さんぞ」というほど母の監視は厳重なのだが、娘は娘でそれがいったいなんなのよという、あっけらかんとした言葉を吐いている。当時の母と娘の声が聞こえてきそうな歌だ。

そんな事柄は『日本書紀』や『続日本紀』のような歴史書には出てこない。歌だから、伝えられ、残ったのである。歌こそ、精神の歴史を明らかにする第一級資料なのである。私は、今そう考えている。

生活と心情

谷崎潤一郎が繰り返し強調したように、小説の言葉といえども、それは別に日常生活と変わった言葉を使うものではない。逆にいえば、歌であれ、小説であれ、日常生活に使われていない言葉では、全くリアリティー（現実性・現実味）がない。つまり、言葉のリアリティーを支えているのは日常生活そのもの、日常そのものなのである。

日本における大型獣の代表・鹿と猪はともに、収穫前の田を荒らす。ために、山間地の田は、ことに厳重な見張りが必要となる。そういう鹿や猪が出やすい田圃を「シシダ」と呼び、それを「鹿猪田」と表記する。ここに、この歌のリアリティーがあるのである。まさに、言語は生活そのものだ。

対して、作者は、その「シシダ」の見張りの喩えで、母親の監視の厳しさを表現する。ここに、歌の表現の妙というものがある。

だから私は、常に、万葉びとの生活に思いをはせる。そうすることが、表現の妙や、言葉の軽重を理解する早道と考えるからである。

原文

霊合者　相宿物乎　小山田之
鹿猪田禁如　母之守為裳　一云、母之守之師

訳文

心さえ合えば、共寝もするものなのに、小山田の鹿猪田を見張るように、お母さんが見張っている〈また「お母さんが見張っていた」〉

東大寺・大仏池近辺の鹿

二つの「アスカ」

大伴坂上郎女《おほとものさかのうへのいらつめ》、元興寺《ぐわんごうじ》の里を詠《よ》む歌一首

故郷《ふるさと》の
明日香《あすか》はあれど
あをによし
奈良の明日香を
見《み》らくし良《よ》しも

（大伴坂上郎女　巻六の九九二）

体感訳

ふるさとの
明日香は明日香でよいけれど……
（あをによし）奈良の明日香を
見るのもまたよい！

ことば

故郷の　「フルサト」とは、文字通り「ふるいさと」と解してよい。したがって、長く住んだ土地という言葉なのだが、それは出生地と重なることが多いので、出生地を示す場合もある。ただし、万葉歌の場合は、例外なく、旧都となった飛鳥と藤原を示す。つまり、個別の「フルサト」ではなく、多くの人びとに共有される「フルサト」ということになる。

明日香はあれど　「明日香は、明日香として存在するけれど」ないしは「明日香は明日香でよいけれど」という意味。決してAだけがよいのではなくBもよい……という言い回し。

あをによし　奈良に係る枕詞。

奈良の明日香を　現・奈良県明日香村に対して、奈良市内に存在する明日香をいう言い方。現・奈良市の奈良町・元興寺のあたり。同名の地名が二つあることを前提とした表現。「故郷のアスカ」と「奈良のアスカ」という言い方で二つを区別している。

見らくし良しも　「見るのもよいものだ」とは、具体的には、見ると心が落ち着くとか、見ると楽しいということが内包されているはずである。好意の対象となるものを、人はよく見るものであり、見ても見飽きないのである。

解説

万葉びとの「フルサト」

近代短歌の名作の場合、「フルサト」は幼少期の記憶と結びついて語られる。では、『万葉集』

の「フルサト」は、どうかというと、その大部分が、かつて住んでいた懐かしい土地という意味である。それには、理由がある。遷都に伴って、多くの役人やその家族が新都に移動したため、かつて住んでいた古い都が「フルサト」と呼ばれるようになったのである。つまり、ひとりひとりの個別の出生地とは別に、かつての都を「フルサト」と呼ぶのである。それは、多くの人びとが、今は古都となった都に住んでいたからである。したがって、古い都は、いわば「みんなのフルサト」なのである。

では、平城京に住む人びとにとっては、どこが「フルサト」だったのか。それは、藤原の都（六九四－七一〇）と飛鳥の都（五九二－六九四）であった。この二つの都は近接しているので、藤原が都であった時代は、飛鳥が別地域として強く意識されていたが、平城京の時代に入ると、古い都のあった一つの地域と認識される。

平城遷都、そして住民意識の形成

つまり、遷都によって、平城京に住む人びとは、共通の「フルサト」を持つようになったのである。では、平城京生活者としての住民意識あるいは帰属意識は、どのようにして形成されていったのであろうか。

そこで、私はこんな話をしたい。多くの読者は、意外に思われるかもしれないが、平城京の中にも、「飛鳥」と呼ばれた地域があった。これまた意外に思われるかもしれないが、この地名は現在にも引き継がれていて、奈良市立飛鳥小学校も飛鳥中学校も存在しているのである。

　この地域は、平城京の東部の張り出しである外京の中心部で、元興寺のあるあたりである。元興寺は、飛鳥寺が遷都にともなって平城京に移転された寺である。蘇我氏の氏寺であった飛鳥寺は、平城京の東に移築されたのであった。

　私はいつも、元興寺を案内する時には必ず次のようにいう。

「まず、本堂の屋根の瓦を見てください。瓦の中に赤茶けたものがありますよね。あの瓦は、飛鳥で焼かれた瓦が七一〇年以降この地に運ばれて、元興寺のお堂の屋根に今も載っているのです。飛鳥の瓦が現役で使われているんですよ。お寺の引っ越しの時に、瓦も持って来たのです。また、最近の年代年輪法、つまり年輪による木材の伐採年次の測定では、西暦五八二年に伐採された部材が飛鳥から運ばれて、本堂や禅堂で使用されていたことがわかりました（「元興寺の復興」二〇〇〇年秋季特別展パンフレット、財団法人元興寺文化財研究所発行）。六世紀の後半ですよ。飛鳥時代の前です。瓦や部材も千年単位で使用すれば、究極のエコロジーかもしれませんね」。

　恥ずかしい話だが、何度同じ解説をしたことか。あの瓦は、額田王《ぬかたのおおきみ》や柿本人麻呂《かきのもとのひとまろ》を見たのだろうか、と夢想は膨らむばかりである。

原文

古郷之　飛鳥者雖有　青丹吉
平城之明日香乎　見楽思好裳

訳文

故郷の明日香はそれなりによいのだが、あをによし奈良の明日香を見るのもよいものであることよ

歌人

大伴坂上郎女（生没年未詳）

大伴氏の女で、居住地が「坂上」というところであったところから、「大伴坂上郎女」と称される。大伴安麻呂《やすまろ》と石川郎女の娘。額田王と並ぶ、『万葉集』を代表する女性歌人である。大伴家《やか》持《もち》の養育は、大伴坂上郎女があたっており、家持は、郎女から、和歌についても、多大の影響を受けている。

神たちに命令した皇后

春日《かすが》に神を祭る日に、藤原太后《ふぢはらのたいごう》の作らす歌一首
即《すなは》ち入唐大使《にふたうだいし》藤原朝臣清河《ふぢはらのあそみきよかは》に賜ふ〔参議従四位下遣唐使〕

大船《おほぶね》に
ま梶《かぢ》しじ貫《ぬ》き
この我子《あご》を
唐国《からくに》へ遣《や》る
斎《いは》へ神たち

（藤原太后　巻十九の四二四〇）

体感訳

大船に
真梶をすきまなく取りつけて
この我が愛する子を
唐国へ遣わす
潔斎せよ神たちよ
（我が子を守れ！　神たちよ！）

ことば

春日に神を祭る日に　奈良の春日の地をいう。その春日で無事を祈って神を祭った日、ということになる。遣唐使の安全祈願の祭りは、春日で行なわれるのを常とした。春日には、神護景雲二（七六八）年に、藤原氏の氏神を祭る春日大社が創建されることになる。

大船に　ま梶しじ貫き　「ま」は接頭語で、「しじ貫き」は、櫂をすきまなくたくさん船に取りつけるということ。当然、櫂がたくさんあるということは、推進力のある船、立派な船ということになる。

この我子を　清河は、光明皇后の甥にあたる。親しみを込めたというより、皇后はすべての臣民の母という意識があったのではないか。まして、遣唐使を送る歌である。

唐国へ遣る　唐に遣わすということで、遣唐使として送り出すことをいう。原文「韓国」とあるが、「韓」も「唐」も、ともに「カラクニ」で、広く外国を表す言葉と考えてよい。

斎へ神たち　ここは、神たちを、斎えの意ではない。神たちよ、斎えの意で使っている。「イハフ」とは、潔斎して祈るの意。神に奉仕するのではなく、神たちの方に奉仕させるのである。

解説

万葉の時代は、遣唐使の時代

さて、万葉の時代は、遣唐使の時代でもあった。遣唐使となって、大唐帝国の高位高官となった阿倍仲麻呂《あべのなかまろ》、近年、墓誌が発見された謎の留学生《るがくしょう》・井真成《せいしんせい》。しかし、時として、東シナ海の海波は、希望に膨らむいくたの若者たちの命を奪いさったのである。だから、遣唐使は神に祈った。天平勝宝三（七五一）年の春のこと、奈良の都の東、春日で自らの無事を祈る遣唐使一行がいた。遣唐使たちは春日野で神を祭ったのである。そのなかに、権勢をほしいままにする藤原氏の御曹司、藤原清河がいた。彼は、「入唐大使」（遣唐使の大使）に任命されたのである。時に四十六歳。祈願を終えた清河に対して、光明皇后は、当該歌を下賜されたのであった。

「大きな船に　梶をいっぱい取りつけて　このいとしき子を　唐へ遣わす　守らせたまえ　神たちよ」と神に対して奉仕を求める強い表現だ。「斎へ神たち」というのは、神に対して命令を下す強い言い回しで、清河への愛情が深いことを表したのである。つまり、この歌の主眼は、神への祈願よりも、臣・清河への愛情を表すことにあったといえよう。皇后はそういう思いのたけを詰め込んだ歌を下賜したのであった。愛する臣民のためには、神をも叱咤したのである。

清河の答えた歌

対して、清河は歌う。

春日野《かすがの》に　斎《いつ》く三諸《みもろ》の　梅の花　栄《さか》えてあり待て　帰り来《く》るまで
（巻十九の四二四一）

「春日野に　いつき祭る　三諸の梅の花よ　咲き続けておくれ　帰って来るまでは」と歌っている。おそらくは、春日野で梅を見たのであろう。春日にある御蓋山《みかさやま》は、神を祭る山であり、万葉時代これを人びとは三諸《みもろ》と呼んでいた。つまり、神の降臨する山に、舶来の梅が植えられていたのである。神の降臨する山に植えられた梅を見た清河はそれを歌ったのである。養老元（七一七）年の遣唐使たちが、この御蓋山の南で航海の安全を祈ったことから類推すれば、清河も春日野から御蓋山の神に航海の安全を祈ったと思われる。

清河の歌は明らかに、皇后の歌に答えるものである。なぜならば、清河は神を祭る神聖な山の梅の木に対して、私が無事に帰還するまで咲き続けておくれ、とこれまた命令しているからである。その表現には、奈良へ無事に帰還したい、という清河の思いが込められている、といえよう。

原文

大舶尓　真梶繁貫　此吾子乎
韓国辺遣　伊波敝神多智

訳文

大船に櫂をたくさん取りつけて、このいとしきわが子を、唐の国へ遣わす。神たちよ、大切に守ってください

歌人

藤原太后（七〇一－七六〇）
聖武天皇の后である光明皇后のこと。藤原氏の出身であるゆえにこう呼ばれた。

信仰より人ですよね！

銀《しろかね》も
金《くがね》も玉も
なにせむに
優《まさ》れる宝
子に及《し》かめやも

（山上憶良《やまのうへのおくら》　巻五の八〇三）

体感訳

銀も
金も玉も
それがいったい何になるというのか——
子に勝る宝など
あろうはずも無し！

ことば

銀も　金も玉も　宝物の代表と考えてよい。

なにせむに　何になろう、何にしようの意。たとえ、金銀財宝であったとしても。

優れる宝　勝っている宝の意。

子に及かめやも　子供には及ぶだろうか、いや及ぶはずもないという反語表現。

解説

子を思う親の愛

『万葉集』で、もっとも有名な歌の一つであろう。親の子を思う愛を語る時に、常に引用される歌である。しかし、忘れてはならないのは、これが長歌に付いている反歌であり、その長歌には序文が付いているということである。したがって、当該の短歌体一首を味わう前に、序文と長歌を見ておく必要がある。まずは、序文から。

子等《こら》を思ふ歌一首［并《あは》せて序］
釈迦如来《しやかによらい》、金口《こんく》に正《まさ》しく説《と》きたまはく、「衆生《しゆじやう》を等《ひと》しく思ふこと、羅睺羅《らごら》のごとし」と。また説きたまはく、「愛する子に過ぎたりといふことなし」と。至極《しごく》の大聖すらに、なほし子を愛したまふ心あり。況《いはむ》や、世間《よのなか》の蒼生《あをひとくさ》、誰《たれ》か子を愛せざらめや。

憶良は、釈迦の「金口」すなわち、お釈迦様に具わったとされてる金色の口から出た言葉を引用している。それは、衆生すなわち民衆を平等に思うことは、羅睺羅のようだというのである。羅睺羅は、お釈迦様が在俗時にもうけた子供の名である。つまり、自分が民衆を思う心は、自らの子である羅睺羅を思う心となんら変わりがないということである。それほどの思いで、民を愛しているというのである。さらに、お釈迦様がいうことには、「愛するということでいえば、子供に及ぶものはない」と。

仏教でいう「愛」は、執着や耽溺の対象となるものであり、迷いの根源となるものである。お釈迦様のごとき「大聖」すら、子に心を奪われ、執着し、迷いの心が生まれるのに、まして、世の中の「蒼生」すなわち一般の人間においては、子供に執着しない人などいないといっているのである。つまり、子供への執着から逃れられる人など、この世にはいないのだと序では説かれているのである。結句の「誰か子を愛せざらめや」は、「誰か子を愛さない人はいないだろうか」の意だが、ここでいう愛は人を迷いの道に追いやる根源だから、罪悪そのものなのである。子を愛し、家族を愛する心情は、一つの欲であり、自己と他者の救済を標榜する仏法とは相容れないのである。ために、仏教者としての信念を貫くには「出家」をしなくてはならないのである。そして、続く長歌には、

瓜《うり》食《は》めば　子ども思ほゆ　栗《くり》食めば　まして偲《しぬ》はゆ　いづくより　来《きた》りしものそ　まなかひに
もとなかかりて　安眠《やすい》しなさぬ　（巻五の八〇二）

とある。「瓜を食べると子のことが思い出される。栗を食べれば、まして偲ばれる。どこからやって来たものなのか、眼の前にむやみやたらにちらついて、私の安眠をさまたげるものは」という意味である。瓜と栗は、子供が好むものであり、それを口にすれば、自然と子供のことが思われるというのであろう。

信仰中心主義か、人間中心主義か

このように見てゆくと、憶良が学んだ仏教の教えは、愛を迷いの根源とし、その最大のものこそ子供への愛情だと説くものであった。ところが、憶良は、そういう迷いというものを人が脱しきるのは不可能だ。第一、お釈迦様でさえ、子供への愛は断ち切れないのだからと説く。つまり、人の人たるところは迷うというところにあり、その迷いから人が解放され得るものではないというのが憶良の立場である。信仰を中心に考えれば、子は迷いの対象であり、家も妻子も捨て去るべき対象だが、人の人たるもの、そうはいかない。子への愛を断ち切ることなど人間のできることではないというのである。

これは、一つの人間中心主義といえよう。信仰中心主義では、教義に殉じることが第一であり、仏教においては迷いの根源を絶つことが求められる。人間中心主義では、人の幸福の方が教義に優先する。とすれば、人はずっと迷いの中にあるということになろう。それでもよいのだというのが、憶良の思想なのである。

原文

銀母　金母玉母　奈尓世武尓
麻佐礼留多可良　古尓斯迦米夜母

訳文

銀も金も玉も、どうして優れた（無上の）宝といえるのか。子に勝る宝などあり得ない

歌人

山上憶良（六六〇－七三三頃）

大宝元（七〇一）年第七次遣唐使が任命され、四十二歳の憶良は少録として名をつらねている。和銅七（七一四）年正月、五十五歳で正六位下から従五位下となり、貴族の一員となる。霊亀二（七一六）年四月、五十七歳で伯耆《ほうき》国守となるも、この頃よりリウマチと考えられる病に苦しんでいるようだ。神亀三（七二六）年頃、筑前国守として筑紫に赴任、神亀五（七二八）年春頃に大《だ》宰帥《ざいのそち》大伴旅人《おおとものたびと》を迎えている。時に六十七歳。筑前国守の任を離れて帰郷したのは天平三（七三一）年頃と思われ、その後、天平五（七三三）年ころ死亡したと考えられている。

第3章 やまとの国のうた

死をみつめるこころ

天皇《てんわう》の崩《かむあが》りましし後の時に、
倭《やまとの》　大后《だいごう》の作らす歌一首

人はよし
思ひ止《や》むとも
玉《たま》かづら
影に見えつつ
忘らえぬかも

（倭大后　巻二の一四九）

体感訳

他人様は
たとえ忘れることが
あるかもしれないが——
私の眼には、
その面影がしきりに見えて
忘れられるはずもない……
（けっして、けっして）

解説

人はよし　人はどうあってもかまわないという意味。他人がどう思おうが、それはかまわない。「私は私だ」という気持ちが込められている、と見るべきだろう。

思ひ止むとも　思わなくなるという意味だから、忘れるという意味になる。したがって、他人は忘れたとしても、という意味に取ってよい。他人は、たとえ忘れたとしても、私はけっして忘れない、と言いたいのである。

玉かづら　「玉かづら」は、つる草を輪にして作った被り物のこと。それを儀式によっては供えたり、飾ったり、さらに被ったりするのである。たとえば、稲の収穫祭では、稲のかづらを頭にいただくことになる（巻八の一六二四・一六二五）。また、殯宮《ひんきゅう》儀礼などの葬礼でも、「かづら」は用いられた。もちろん、そういう儀式の「かづら」の連想がこの歌の背後にあることは間違いないのだが、それが当該歌では次句の「影」を起こす枕詞となっている。

影に見えつつ　「カゲ（影）」は、古典語においては「光」も「陰」も示すやっかいな言葉だが、どちらにしても「ミ（身・実）」ならぬものである。つまり、「ミ（身・実）」と「カゲ（影）」は、相対する言葉なのである。だからここでは、現実の生身ならぬ「面影」を見ると歌っているのである。死すれば人の「ミ（身）」は、ほどなくして消えてしまう。そして、残るものは「カゲ（影）」だけである。それも、人の心の中だけにある「面影」のみが、人を偲ぶよすがとなるのである。

忘らえぬかも　四段動詞「ワスル」の未然形に、助動詞「ユ（可能）」の未然形「エ」が付き、打消の助動詞「ヌ」を伴ったかたち。忘れようとしても、忘れることができない気持ちを表す。

解説

夫の死を悼む

六七一年、天智《てんじ》天皇が崩御。近親者の死は、本人には重い。まして、配偶者の死。そこに、「他人はどうであっても」という初句の表現の重みがある。つまり、これは「天皇」の死を悼む歌ではない。したがって、「夫」の死を悼む歌として読まなくてはならないのである。

かつて、万葉学者の夫を亡くした未亡人を囲んでの偲ぶ会のおり、夫人の気持ちを慮って、この歌に言及したその道の泰斗がいた。ために、会場は、等しく涙を共有することになった。私は、この歌を読むたびに、あの日のあの会場のことを思い出す。

死の重みというものは、死んだ人との関わりあいで決まる。私は、他人には、私の気持ちなんかわかってたまるもんですか、という后の気持ちを読み取るが、どうであろうか。

さて、現代の私たちが死者と向き合うのはやはり、盂蘭盆会の季節だろう。

お盆は、死者と生者が行き交う時。そして、昭和二十（一九四五）年からは、それに戦争の記憶が重なっている。古今東西の哲学者たちは、「死を忘れるな」というが、われわれは日常生活の中で、常に死のことばかりを考えているわけにはゆかない。だから、この生者と死者が行き交うお盆の季節にこそ、私は読者の皆さんたちに、万葉の挽歌を読んでほしい、と思う。

挽歌の本質

「挽歌」とは、挽《ひ》き歌《うた》すなわち、遺体を乗せた車を挽くときに歌う歌である。『万葉集』には、中国の『文選《もんぜん》』の「挽歌詩」の影響を受けて、「雑歌」「相聞」とともに「挽歌」という分類項目（＝「部立《ぶだて》」）が立てられている。これが、いわゆる『万葉集』の三大部立である。「雑歌」は、宮廷の儀礼や旅、宴などに関わる歌うたで、「相聞」は恋歌、「挽歌」は死者に関わる歌うたである。その初期万葉の挽歌の表現は、ほとんど恋歌と変わるところがない。

この歌についても、よく見てほしい。もし、この歌が作られた状況を知らなければ、恋歌として読めないか、と。つまり、死者に対する「恋歌」が「挽歌」なのである。身はこの世から消えても、私の心の中にある永遠のあなた。それは、死者に対する恋歌といえるだろう。

原文

人者縦　念息登母　玉縵
影尓所見乍　不所忘鴨

訳文

人はたとえ嘆きが止んだとしても、私の眼には面影がちらついて、忘れることができない

歌人

倭大后（生没年未詳）
古人大兄皇子《ふるひとのおおえのみこ》の娘。天智天皇七（六六八）年に后となっている。天皇の死に際して、倭大后は、天智天皇に仕えた複数の妻たちとともに、その死を悼んだのであろう。

恋は神代の昔から！

中大兄《なかのおほえ》〔近江宮《あふみのみや》に天《あめ》の下治《したをさ》めたまひし天皇〕の三山《みつやま》の歌一首

香具山《かぐやま》は　畝傍《うねび》ををしと
耳梨《みみなし》と　相争《あひあらそ》ひき
神代《かみよ》より　かくにあるらし
古《いにしへ》も　然《しか》にあれこそ
うつせみも　妻を　争ふらしき

（中大兄　巻一の一三）

体感訳

香具山は畝傍山を横取りされるのが惜しいと
耳成山と争った……
——神世からこうなので
——いにしえもそうだった
——今の世も、妻を争うらしい
——（まして、自分も）

ことば

香具山は　畝傍山、耳成山とともに、大和三山の一つ。

畝傍ををしと　畝傍山のこと。後述。

相争ひき　三山の争いをいう。妻争いである。

神代より　神々の時代からということ。

かくにあるらし　そのようであるらしい。

古も　然にあれこそ　ここでは、「古」は、「神代」よりも新しい時代をいう。

うつせみも　現実。現世。現世を生きる人。つまり、作者を含めた今を生きる人間ということになる。

妻を　「ツマ」は配偶者。したがって、「夫」の意にもなり「妻」の意にもなる。

解説

香具山は女か、男か、それが問題だ

「香具山は　畝傍ををしと　耳梨と　相争ひき」は、たいそう解釈が難しい。この三山の性別については現在も議論があるところで、定説はない。

「香具山は　畝傍ををしと」は、漢字原文では「高山波《カグヤマハ》　雲根火雄男志等《ウネビヲヲシト》」となっている。これを、

A　香具山は／畝傍／雄雄しと……香具山女性説

B　香具山は／畝傍を／惜しと……香具山男性説

ABのどちらをとるかで、性別の解釈に揺れが生じてしまうのである。

A説は「雄男志」を一語の形容詞ととって、「香具山は畝傍山を雄雄しく思って」との解釈が導き出される。つまり、女である香具山が男である畝傍山を男らしく雄雄しいと思って……と解釈するのである。

対してB説は、「雄男志」を「を（助詞）」＋「をし（形容詞）」と解釈するのである。ただし、ここで形容詞「をし」について説明が必要であろう。旧来は「愛し」と考えて、「いとおしい」「かわいらしい」と訳し、男性が女性をいとおしく思う感情を表す言葉だと解釈されてきた。しかし、形容詞「をし」の意味は「惜しい（＝取られたくない）」であって、「いとおしい」の意味ではないことが明らかになったのである（吉井巌『万葉集への視覚』和泉書院、一九九〇年）。つまり、何かを取られたくないという感情の表現なのである。

もし、通説に従って「をし」を男性の好きな女性を取られたくないという感情が表現されたものと考えると、「男の香具山は、女の畝傍を取られるのが惜しい」との解釈が導き出されることになる。

二つの香具山女性説

また、Aの香具山女性説は、さらに二種に分かれる。一つは、女の香具山は男の畝傍山を雄雄しく思い、畝傍山の寵愛を得るべく女の耳成山と争ったとする説である（Aの第一種）。もう一つは、女の香具山は男の畝傍山を雄雄しく思うようになってきて、それまでつきあっていた男の耳成山といさかいが起った、とする説である。つまり、香具山が畝傍山に気移りしたために、いわば元カレの耳成山との間にいさかいが起ったという説である。かつては、この説も有力で、昭和を代表する注釈である澤瀉久孝《おもだかひさたか》『万葉集注釈』、小島憲之他『新編日本古典文学全集』などが、この元カレいさかい説に従っている（Aの第二種）。

しかし、この説には次のような難点がある。女と元カレの争いを「ツマを争ふらしき」と表現できるか、という問題である。私は、そういう言い方はしないので成り立たないと考えるが。

Aの第一種　香具山（女）・畝傍山（男）・耳成山（女）
Aの第二種　香具山（女）・畝傍山（男）・耳成山（男）
B　　　　　香具山（男）・畝傍山（女）・耳成山（男）

と現段階では三つに分類している。

たしかに、歌の解釈は分かれるのだが、この歌がいいたいことは、昔も今もツマを争うものだということである。つまり、神代もこうだ。古もそうだった。だから、今もこうなのだ。すなわち、ツマを争うのだ、というのである。したがって、当該歌の主題は、ツマ争いは神代の時代からいつの時代も……、というところにあるのである。

原文

高山波　雲根火雄男志等　耳梨与　相諍競伎
神代従　如此尓有良之　古昔母　然尓有許曽
虚蟬毛　嬬乎　相挌良思吉

訳文

香具山は、畝傍山を横取りされるのが惜しいと思って、耳成山と争った。神代の昔からしてこうなのである。いにしえもそうだったからこそ、現世の人も、妻を争うのだ

歌人

中大兄（六二六－六七二）

「中大兄」は中大兄皇子。本名葛城皇子《かつらぎのみこ》。後の天智天皇。舒明《じょめい》天皇の皇子で、母は宝皇女《たからのひめみこ》（皇極・斉明天皇）であり、間人《はしひと》皇女・大海人皇子《おおあまのみこ》（天武天皇）の同母兄にあたる。大化の改新の断行者であり、律令を中心とした新しい国家体制のための諸制度改革を断行した。

不安な心を歌う

天皇《てんわう》の御製歌《おほみうた》

み吉野《よしの》の　耳我《みみが》の嶺《みね》に
時なくそ　雪は降りける
間《ま》なくそ　雨は降りける
その雪の　時なきがごと
その雨の　間なきがごとく
隈《くま》も落ちず　思ひつつぞ来《こ》し
その山道《やまみち》を

（天武天皇《てんむてんわう》　巻一の二五）

体感訳

この地、み吉野の耳我の嶺に……
時の定めもなく雪は降っていた
絶え間なくも雨は降り続いていた
その雪の定めなきがごとくに
その雨の絶え間なきがごとくに
長い長いくねくねとした山道を物思いに沈みながら
私はやって来た
その山道を

ことば

み吉野　「み」は誉め言葉である。地名に接頭語「み」を冠して、「み吉野」「み熊野」「み越」などということがある。その土地を讃える表現である。

耳我の嶺　奈良県吉野町吉野山中のどの山かはわからない。金峰山《きんぷせん》をあてたりするが未詳。

隈も落ちず　隈とは見えないところをいう。道の隈とは、山道で後ろが見えなくなるところをいう。したがって、一つ一つの曲り角も落さずということである。

その山道を　「を」は、ここでは詠嘆。

解説

壬申の乱

古代最大の争乱といえば、西暦六七二年の壬申《じんしん》の乱である。天智天皇（六二六―六七二）亡き後、天智天皇の実子である大友皇子《おおとものみこ》（六四八―六七二）と、天智天皇の弟である大海人皇子《おおあまのみこ》（未詳―六八六）の勢力が、敵対。争乱となった。皇位の継承を争う戦いである。天智天皇の病床に呼ばれた弟・大海人皇子は皇位の継承をうながされるも固辞し、出家して吉野に隠棲した。

そして、天智天皇の崩御。天皇の陵を造営するために集められた人びとが、吉野に向かい、大海人皇子一行を脅かさんとした時、いち早く東国に脱したのであった。幸い東国の諸豪族の支援を取り付けた大海人皇子軍が、大友皇子軍を圧倒して、この争乱は終わった。そして、大海人皇子は、飛鳥で即位し、後に天武天皇と諡《おくりな》されることになる。

この一首は、大海人皇子が出家の後に、吉野に向かった時の心情を歌った歌である。雪降りやまず、雨降りやまず、という天候であったようだ。この歌は、天武天皇八（六七九）年に、壬申の乱直前に吉野入りした時の心情を歌ったものである。つまり、天武天皇が、まず追懐したのは、吉野入りの日の天気であった。

山に入ってゆくのに、雪や雨というのは、不安なものである。しかも、その山は、山深い山なのだ。ところが、ここまでは序なのである。雪が降り続くように、雨が降り続くように、山道の曲り角を一つも落さぬように、ずっとずっと思い続けたというのである。隈は九十九《つづら》折りの山道の後ろの見えなくなるところで、後ろを振り返り振り返りというのである。絶え間なく絶え間なくということである。

では、その「思い」とは何か。それは、行く末の不安である。皇位継承を辞退して、吉野入りをするものの、天智天皇が崩御すれば、自分は殺されるかもしれないという不安があったのである。さすれば、道の隈も気になるところであり、不安は増大したはずだ。そういう八年前の記憶をもとに、この歌は歌われたのである。

吉野について

吉野という場所は、『万葉集』にとって特別な場所である。と同時に、日本の古典文学にとっても、特別な場所といってよいだろう。というのは、壬申の乱勃発時における大海人皇子の隠棲地であり、ここから戦争が始まったからである。壬申の乱の後に、中央集権が進むことになり、古代社会は大きく変容した。したがって、吉野は、後の時代を生きる人びとにとって、大切な場所になったのである。天武天皇の後を継いだ持統天皇が、三十回以上もの行幸を行なったのも、吉野に天武天皇の後継者が赴くことによって、政権の求心力を高める目的があったからである。

政治的に窮地に陥った者が、いったん隠棲し、時機を見て天下を取るという物語が、壬申の乱を通じて生まれたのである。この隠棲と復活の物語を信じた人びとがいた。

たとえば源義経である。彼は、追手を逃れて吉野に入ったわけだが、ここで天武天皇のように体勢を立て直したかったのであろう。もう一人は、後醍醐天皇である。後醍醐天皇は、建武の中興を経て、政治状況が不利と見るや、自ら吉野に赴き、諸国に挙兵を求め、吉野に立て籠もった。吉野は京都から見て南であるから、南朝である。しかし、義経の夢も、後醍醐天皇の夢も虚しく潰えることになる。

青々とした山があり、清流吉野川が流れ、山びとが住む吉野。しかし、かの地は、自然の要塞であって、大きな軍勢を動かすことが難しい土地でもあった。そのために、吉野は度々、日本史の表舞台に立つことになったのである。

原文

三吉野之　耳我嶺尓　時無曾　雪者落家留
間無曾　雨者零計類
其雪乃　時無如　其雨乃　間無如
隈毛不落　念乍叙来　其山道乎

訳文

み吉野の耳我の嶺に、絶え間なく雪は降り続く。休みなく雨は降り続く。その雪の絶え間もなきがごとく、その雨の休みもなきがごとく、道の隈ごとにずっと思い沈んでやって来た。かの山道を

歌人

天武天皇（未詳－六八六）

舒明天皇の皇子であり、母は皇極天皇である。妃は鸕野讚良皇《うののさららのひめ》女《みこ》である。六六八年に立太子し、兄である天智天皇の崩御の後、大友皇子と対立して壬申の乱が起った。大和の王権の力を増大させる諸政策をとった天皇である。

言挙げせぬ国

柿本朝臣人麻呂《かきのもとのあそみひとまろ》が歌集の歌に曰《いは》く

葦原《あしはら》の　瑞穂《みづほ》の国は
神《かむ》ながら　言挙《ことあ》げせぬ国
然《しか》れども　言挙げぞ我《あ》がする
言幸《ことさき》く　ま幸《さき》くませと
つつみなく　幸《さき》くいまさば
荒磯波《ありそなみ》　ありても見むと
百重波《ももへなみ》　千重波《ちへなみ》にしき
言挙げす我《あれ》は　〔言挙げす我《あれ》は〕

（巻十三の三二五三）

体感訳

葦原の瑞穂の国……
かの国は神々のみこころのままに　言挙げなどしない国
しかし、しかし、私はあえて言挙げをする
わが言葉のとおりにご無事であられますように
さしさわることなくご無事であったなら
荒磯に寄せ続ける波ではないけれど変わらぬ元気な姿でと
百重波、千重波、その波のように繰り返し繰り返し
言挙げをいたします、私めは——
〔言挙げをいたします、私めは——〕

ことば

葦原の　瑞穂の国　葦原は、稲作に適しているから、そこは稲の豊かな稔りの国となる。したがって、日本の国土を誉めていう言葉と考えておけばよい。

言挙げ　ここでは、言葉の力を頼って、大声を発することをいう。

然れども　言挙げぞ我がする　たしかに、日本は言挙げしないのだが、言挙げをしないわけにはいかない。

言幸く　言挙げの幸をもっての意。

荒磯波　同音の「ありても」を起こす枕詞。

ありても見むと　「あり」とは同じ状態が続いてゆくことを表す。

解説

言葉と言霊の力

言葉というものは、不思議なものだ。説明しなくてはわからないし、言葉が足りなければ誤解を招く。思考は言葉でなされるので、思考とは言葉そのものということができる。

では、言葉を重ねればよいかといえば、それもよくないことがある。言葉を重ねれば、重ねるほどに、言葉が虚しいものになることもあるからだ。「言い訳」がそのもっともよい例であろう。「言挙げせぬ国」とは、多くの言葉を必要としない国であるということである。神でも、人でもよく、その両方にあてはまるのだが、信じていれば多くの言葉はいらない。心が通じ合っていれば、多くの言葉はいらないはずなのである。つまり、心のうちに思っていれば、それはもう通じているはずである。

言葉の大切さをよく知っている人は、言葉を大切にする。大切にするがゆえに、多くを語らないということがある。言霊、すなわち言葉の魂の力は偉大である。その偉大さを知っていれば、軽々しく言葉を発したりはしない。

神の加護があり、言霊の加護があると固く信じる者は、大声を出して祈ったりしない。日本は、そんな国なのだというのである。

ところが、そんなこんなは百も承知であるけれど、今の私は、そうではない。あなたのことを思うと、大声を出して、言挙げをして祈ってしまうというのである。

では、一首の力点はどこにあるのであろうか。それは、それほどまでに、私はあなたのことを愛しているから、この日本は言挙げをせぬ国だとわかっていても、私は声を上げてしまうのだというところに、力点があるのである。つまり、この歌は、旅立つ人への自らの愛の重さ、それも限りなき重さを表現した歌なのである。

言霊の助くる国

取り上げた長歌には、反歌が付いている。その反歌についても、解説をしておこう。

磯城島《しきしま》の　大和《やまと》の国は　言霊《ことだま》の　助《たす》くる国ぞ　ま幸《さき》くありこそ　（巻十三の三二五四）

大和言葉の「コト」には、二つの意味がある。一つは、「事柄」という意味である。もう一つは、「言葉」という意味である。つまり、現在でいう事柄と言葉は、一つであったということである。それは、言葉というものに対する絶対的な信頼があったからである。言葉が現実から離れ、空想や虚偽を含むものとして語られるようになった時、「コト」は事柄と言葉とに分かれることになる。

万葉終焉歌には、「いやしけ吉事《よごと》」とある（一九八頁参照）。この「吉事」の「コト」は、事柄を表すのであるが、同時に良い言葉という意味を含んでいる。良いことが起れば、それを誉め讃える良い言葉が口に上る。良い言葉が口に上れば、また良い事柄が起きる。降り積もる雪のように「吉事」が重なる、というのは、以上のような状況を指すものと考えてよい。

モノに名前が付けられるということは、そのモノが人間に認識されたことを表す。富士山といえども、大地から離れるものではなく、ひと続きのものであり、世界の一部でしかない。しかし、私たちは、「富士山」という言葉によって、一つの山のかたちを想起し、富士山を認識する。モノとコトの関係を考えることが、ある意味では、哲学の出発点といってよいだろう。

「言霊の助くる国」とは、言葉の力を信じているがゆえに、言葉が命を持ち、人びとが言葉を信頼しているということを表しているとみなくてはならない。それでも、今回の旅の、あなたの無事だけは言挙げをしたいと歌っているのである。

原文

葦原　水穂国者　神在随　事挙不為国
雖然　辞挙叙吾為　言幸　真福座跡
恙無　福座者　荒礒浪　有毛見登
百重波　千重浪尓敷　言上為吾〔言上為吾〕

訳文

葦原の瑞穂の国は、神の神たるままに言挙げしない国。けれども言挙げを私はする。お元気にご無事であられませと、つつがなくお元気であられたら、荒磯波ではないけれど、ありても、そのうちに逢えましょうと、百重波、千重波のごとくに繰り返して、言挙げをします私は〔言挙げをします私は〕

歌人

柿本朝臣人麻呂（未詳－六八六）
持統天皇の時代を中心に活躍した歌人で、公的な場で歌を献上することについて、特別な地位を持っていたとみられる。いわゆる「宮廷歌人」である。その雄大な表現、繊細な表現は、後代にも大きな影響をもたらし、歌聖として信仰の対象にもなった。

若菜摘みのひみつ！

天皇の御製歌《おほみうた》

籠《こ》もよ　み籠《こ》持ち
ふくしもよ　みぶくし持ち
この岡《をか》に　菜摘《なつ》ます児《こ》
家《いへ》告《の》らせ　名告《の》らさね
そらみつ　大和《やまと》の国は
おしなべて　我《われ》こそ居《を》れ
しきなべて　我こそいませ
我こそば　告《の》らめ　家《いへ》をも名をも

（雄略天皇《ゆうりやくてんわう》　巻一の一）

体感訳

籠も、まぁまぁ立派な籠を持ってね
掘串《ふくし》も、まぁまぁ立派な掘串を持ってね
この丘で菜を摘んでいらっしゃる娘さん方……
家をおっしゃいな、名前をおっしゃいな
この大和の国はね
——すべての上に私が君臨しているのだよ
——すみずみまで私が治めているのだよ
だからね、私の方からまず名告《なの》ろう
家のこともね、名前のこともね

ことば

籠もよ　み籠持ち　「籠」は、摘んだ若菜を入れる籠。「も」は並立を表す助詞。「よ」は間投助詞。「み」は敬意を表す接頭語。

ふくしもよ　みぶくし持ち　「ふくし」は、若菜を摘むための箆《へら》のこと。

この岡に　天皇が行幸した丘をここでは「この岡」と表現している。まさに、今、この地に「菜摘ます子も作者自身も」いるのだということを強調しているのである。

菜摘ます児　「す」は「告らす」の「す」と同じで、敬意を示す助動詞。「児」は、ここでは親しみを込めて呼びかける言葉。

家告らせ　名告らさね　女の家を聞かなくては、妻訪いができない。したがって家を聞くということは、家のある場所を聞くことになるのだが、一方その家の子であることを確かめることになるので、身分や家柄を問うことにもなる。つまり、具体的にはどの豪族の家の子かということを問うことになるのである。女の名を問うのも、妻訪いをするためである。聞かなくては、逢いにゆくこともできない。ただし、古代においては、女性が本名を教えることは、男に妻訪いを許すことになるので、男が家と名を問うことは求婚を意味するし、それを教えることは求婚を許諾したことを意味することになるのである。「告る」は声を発して心を伝えることをいうが、その内容が重要な内容の場合に用いる。神聖な名や、占いの結果などは「告る」対象となる。だから、ここは「告る」が使用されている。「ね」は相手に行動を求める助詞。

そらみつ　大和の国は　「そらみつ」は「大和」に係る枕詞。「大和」は、もともと奈良県天理市の一部の地域を指す言葉であったが、後に奈良県にあたる一帯を指すようになって、さらに日本国を示す言葉となった。ここは奈良県全域くらいの範囲で、天皇が直接統治する範囲と考えればよい。クニは、ここでは小地域を示す言葉。

おしなべて　我こそ居れ　「おしなべて」は、すべての意であり、「居る」は、ここではその上に居る。すなわち君臨しているの意と解釈してよい。

しきなべて　我こそいませ　「しきなべて」は、すみずみまでの意であり、「いませ」は、統治を表している。

我こそば　告らめ　家をも名をも　自分の方から先に告げようか、の意。もちろん、あなた方が言わないのならば、私の方から言おうというのだから、相手にプレッシャーをかけていることになる。もし、雄略天皇が名告れば、泊瀬《はつせ》の朝倉の宮で天下を治める大王と語ることになり、歴代の大王の系譜が述べられることになる。

解説

巻頭歌の意義

『万葉集』は、雄略天皇自らが作ったこの歌からはじまる。『万葉集』ができた八世紀の人びとは、「この天皇の時代に、日本の国土が統一された」と考えていたのであった。雄略天皇は国土を統一した英雄だったのである。

とすれば、この天皇の歌を『万葉集』の一番はじめに据えたのには重要な意味があるのか。それは『万葉集』とは立派な書物なのだと権威づける意味があったのであろう。

プロポーズの歌

さて「ことば」の項で述べたように、古代においては、女性が自らの名前を明かすことは、結婚を承諾する行為とみなされていた。当該歌はプロポーズの歌なのである。

おそらくこのプロポーズは、大和に春を告げる年中行事であったと考えられる。求婚は春を迎える儀式として行なわれていたのだろう。

私は、毎年四月になると、この歌を講義する。新しくやって来た一年生にこの歌の講義をするのである。新一年生に、『万葉集』の一番はじめの歌を講じたいと思うのである。

数年前、ある女子学生からこんな質問を受けた。「上野先生、雄略天皇はフラれたんでしょうか。だって、若菜摘みの女たちは、結婚を承諾したと言ってませんよねぇ」と。

私は、たちまち答えに窮してしまった。今、一つの考え方をここに示すと、求婚とはいえども儀礼的なものであろうから、この歌で大切なのは、雄略天皇が、自分が大和の統治者であることを宣言することなのである。いやはや、汗顔ものだった。

原文

籠毛与　美籠母乳　布久思毛与　美夫君志持
此岳尓　菜採須児　家告閑　名告紗根
虚見津　山跡乃国者　押奈戸手　吾許曽居　師吉名倍手　吾己曽座
我許背歯　告目　家呼毛名雄母

訳文

籠も良い籠を持って、ふくしも良いふくしを持って、この丘で菜を摘んでいらっしゃるお嬢様方よ。家をおっしゃい、名前をおっしゃい。（そらみつ）この大和は、ことごとく私が君臨している国である。すみずみに至るまで私が治めている国である。私の方から告げよう。家のことも名前のことも

歌人

雄略天皇（生没年未詳）

五世紀後半の天皇と考えてよいが、記紀の伝えは伝承の部分も多い。允恭《いんぎょう》天皇の子で、母は忍《おし》坂大中姫《さかのおおなかつひめ》。諱《いみな》はワカタケル。大和の泊瀬朝倉宮を住地とした。強大な権力を持っていた葛城《かつらきの》臣《おみ》・吉備臣《きびのおみ》などを没落させる一方、大臣《おおおみ》・大連《おおむらじ》制を定めて、大伴連・物部連らを登用して、大和朝廷の組織を天皇中心の組織になるように改革を進めた。葛城山で一言主神《ひとことぬしのかみ》と会い、狩りをした話や、河内の志幾大県主《しきのおおあがたぬし》が天皇の殿舎に似せて家を建てたのを怒り、家を焼いたという話も有名である。埼玉県の稲荷山古墳出土の鉄剣銘に「獲加多支鹵《わかたける》大王」とあり、熊本県の江田船山《えたふなやま》古墳出土の大刀《たち》銘に「獲□□□鹵大王」とあるのは、雄略天皇を指すとみられ、『宋書』夷蛮伝《いばんでん》の倭《わ》の五王、倭王武は雄略と考えられている。まさに武断の雄の天皇であった。

明日香恋しや

体感訳

明日香川の
その渡し場があまりにも清らかなので……
この地を去り難く、ついつい旧い都に残って
明日香川を恋い慕ううち
さらにさらに都は遠くにいってしまった

明日香川《あすかがは》
川門《かはと》を清《きよ》み
後《おく》れ居《ゐ》て
恋《こ》ふれば都
いや遠《とほ》そきぬ

右の一首、左《さ》中弁《ちうべん》中臣《なかとみの》朝臣《あそみ》清麻呂《きよまろ》の伝誦《でんしょう》する
古き京《みやこ》の時の歌なり

（巻十九の四二五八）

ことば

明日香川　奈良県明日香村を南東から北西に流れる川。

川門を清み　川門とは、河川の対岸へ行くのに都合のよい場所をいう。したがって、徒渉点となり、渡し場となる。

後れ居て　人びとが遷都とともに藤原に移っても、明日香に残っての意。

恋ふれば都　どこを恋しく思うかという点については意見が分かれるが、ここは明日香川でよい。明日香川が清らかだから、そこを離れることができなかったのである。そう考えるのが素直である。

いや遠そきぬ　都が明日香から藤原京、さらには平城京へと遷る。とすれば、明日香の地から見れば、ますます遠くなってゆくことになる。

左中弁中臣朝臣清麻呂の伝誦する古き京の時の歌なり　左中弁である中臣清麻呂が、口で伝えていた古い京の歌である、ということ。「古き京」は、明日香と考えてよい。ただ、後述するように、明日香と藤原は隣接地である。

解説

中臣清麻呂という男

延暦七（七八八）年七月二十八日、一人の男が没した。その男の名は、中臣清麻呂。宝亀二（七七一）年に右大臣に任じられた清麻呂は、天応元（七八一）年に引退するまで、約十年間の長きにわたり太政官の最高位にあった。つまり、この期間、彼は行政機構のトップにいたことになる。現在でいえば首相ということになる。

清麻呂は、長岡遷都後も、旧都となった平城京の右京二坊二条の邸宅に住み続け、彼の地で大往生を遂げている。齢八十七歳。逆算すると、大宝二（七〇二）年に生まれたことになるので、彼は、万葉のミヤコ奈良に生き、死んだ男ということができよう。

すなわち、清麻呂こそは、幼年期は明日香・藤原に遊び、平城京遷都以降、その栄枯盛衰のすべてを見て、没した人物といえるのである。実に、文武・元明・元正・聖武・孝謙・淳仁・称徳・光仁・桓武の各天皇の御代を生き抜いた人物ということになる。

清麻呂の父・意美麻呂《おみまろ》は、和銅元（七〇八）年に中納言神祇伯《じんぎはく》（太政官と並立する神祇官の最高位）まで上り詰めた人物であるが、一時期不遇な時代もあった。朱鳥《あかみどり》元（六八六）年に、大舎人《おおとねり》であった意美麻呂は大津皇子《おおつのみこ》事件に連座して捕えられているのである。意美麻呂・清麻呂父子は、この激動の時代を生き抜いた人物でもあった。その清麻呂が、天平勝宝三（七五一）年十月二十二日に、紀《きの》飯麻呂《いいまろ》の家で行なわれた宴会で朗誦した歌がこの歌なのである。

清麻呂が歌う故郷・明日香の景

当該歌は、清麻呂がその場で作ったのではなく、清麻呂が誰かから習って伝えていた歌、すなわち伝誦歌を披露したのだが、それが「古き京」の歌だったのである。「藤原にミヤコが遠のいても、私の思いは明日香に留まる。だから、明日香に留まっていると、さらにミヤコは平城京に遷った」ということを言い表した歌である。おそらく、それは二度の遷都を経験した人間の気持ちを代弁した伝誦歌だったのではなかろうか。万葉の時代はまさに遷都の時代だったのである。彼は八歳までを藤原で過ごしたはずだから、明日香川は幼少期に遊んだ川だったはずである。とすれば、これは清麻呂の愛唱歌だった可能性もある。この歌が披露された天平勝宝三年、ときに清麻呂は五十歳であった。

明日香から眼と鼻の先にある藤原に遷っても、

采女《うねめ》の　袖《そで》吹き返す　明日香風《あすかかぜ》　京《みやこ》を遠み　いたづらに吹く　（巻一の五一）

と、志貴皇子《しきのみこ》は感傷に浸ったのであるが（四〇頁参照）、和銅三（七一〇）年、都は藤原からさらに遠のいて奈良の地に遷ってゆく。

歴代の天皇に仕え、幾たびの遷都を経験した清麻呂。彼は、明日香川への、明日香への望郷の念をもって、この歌を愛誦していたのであろう。幼き日の思い出に浸りながら。

遷都とは、都を移動して、別の地に遷すことをいうが、西暦六九四年には、明日香から藤原京へ、西暦七一〇年には、藤原京から平城京へ都は遷る。川が清らかであるから、遷都に従わず明日香を離れなかったということである。

天皇とともに都を遷ることもしないということは、明日香を恋うる心がいかに大きいかということを表しているのである。それは、中臣清麻呂の人生とも重なって、自ら愛誦歌としていたのであろう。
人にはそれぞれに愛誦歌というものがある。そして、またその歌が愛誦歌になった理由も、さまざまだ。

原文

明日香河　河戸乎清美　後居而
恋者京　弥遠曾伎奴

訳文

明日香川の渡し場が清らかなので、つい明日香に残って恋い慕っているうち、さらに都は遠くなってしまった

歌人

中臣朝臣清麻呂（七〇二―七八八）

中納言正四位上意美麻呂の子。数々の要職を歴任し、正二位・右大臣となり、臣下で最高位者となった人物。精勤、高潔な人物として知られ、文武天皇から桓武天皇まで、じつに九代の天皇に仕えている。

第4章 春のうた

陽気に、ふてくされる！

来《き》て見べき
人もあらなくに
我家《わぎへ》なる
梅の初花《はつはな》
散りぬともよし

（巻十の二三二八）

体感訳

（私にはね）
見にやって来てくれる男なんかいないんだもの！
家にある梅の木、それも今年はじめて咲いた花なんだけど
（私には関係ない！）
（私には無意味！）
——散ってしまったってかまわないよ！

ことば

来て見べき　自分の家に訪ねて来て、自分の家の庭の梅の花を見てくれそうな人。

人もあらなくに　「なくに」は、打消の助動詞「ず」のク語法である。したがって、ここでは、見てくれる人もないのだからくらいの意味となる。

我家なる　私の家「にある」という意味。

梅の初花　当然、初めて咲いた梅の花の意だが、それは作者がはじめて、その木の花を見たということである。つまり、私にとっての初物という意味と考えなくてはならない。

散りぬともよし　散ってしまってもなんの問題もない、差支えもないという意味。

解説

男の不在を嘆く女歌

この歌は、彼氏のいないことを嘆く女歌である。なぜ、女歌と判断されるかというと、当時は妻訪い婚、すなわち男が女の家を訪問するかたちで、恋人関係や制度的結婚が成り立つのが、一般的であったからだ。すると、歌の中の「人」は、当然、男をいうことになり、当該歌は女の心情を歌った歌ということになる。

短歌に限らず、文芸作品というものは、作品の内部で自己完結すべきものなのであるが、それは外部世界と無縁に成り立っているわけではない。今回は、万葉歌を解釈するにあたり、当時の結婚制度の知識を補うことで、解釈の精度を上げたわけである。

例えば、今日、「ケイタイ」といえば「携帯電話」のことをいうが、これを短歌に詠み込む場合には、読者は「ケイタイ」とだけ書いても、それが電話であることを了解すると予測して詠み込むはずである。

どうせ、家に梅の花を見に来てくれる男がいないんだから、たとえ梅の初花であろうが、何であろうが、散ってしまってもかまわない、というのである。簡単にいえば、ふてくされた、捨て鉢な気持ちを表現したものであるといえよう。

この歌のおもしろさは、そういう捨て鉢な気持ちを、小気味よく言い放つ点にある、と思う。梅は当時は、舶来の植物だから、梅が自分の家の庭に植えられているということは、本来は自慢となるはずである。けれど、彼氏のいない私にとっては、梅なんか散ってもかまやしないわ、というのである。そういう落差を読み取ると、この歌のおもしろさを実感することができるのではないか、と思う。

初花、初雪を恋人と一緒に見る

フリーアナウンサーの八木早希さんは、大の韓国通である。彼女から、韓国では、初雪の時に、愛の告白をし、相手にプレゼントを渡すという話を聞いた。なぁーんだ、「冬のソナタ」は、この年中行事にちなむものかと、妙に納得してしまったのである。これは、初雪を恋人と二人で見るという習慣があるからで、じつは古代の日本も同じであった。

我《わ》が背子《せこ》と　二人見ませば　いくばくか　この降る雪の　嬉《うれ》しからまし（巻八の一六五八）

などという歌は、雪見の習慣を前提としているのである。

ひるがえって、当時は、初花が咲いたということを理由にして、女が男に対して、「家に来て」と誘うということがあったと見なくてはならないのである。

さて、八木さんに聞いたところによると、天気予報で初冠雪の予報がでると韓国では、大変だそうだ。プレゼントを用意しなくてはならないし、ここぞという時にはホテルの予約もしなくてはならない。大変だそうだ。むべなるかな。では、その韓国でバレンタインデーに、彼氏や彼女のいないさびしい若者たちは、どうするか。まっ黒なジャージャー麺を「やけ食い」する習慣が最近では定着したそうだ。そういえば、韓国KBSのニュースで見たことがある。その若者の顔が、小気味よくて、ほんとによかった。

初物というものは、二つの意味で人を元気にする。

一つは、そのものが珍しいということで、幸福になれるのである。「先生、今日はかつおの初物があるから、是非来てください」とお寿司屋さんから電話があると、もし、子供が風邪をひいていても、熱が三十八度未満なら、私は寿司屋に直行する。つまり、やはり初物はうれしいのである。

もう一つは、見たり食べたりしたことを自慢できるということだ。だから歌舞伎役者の襲名披露興行は、初日に行きたいものである。最初であることのパワーのようなものを取り込みたいのである。そういう初物を、はたして現代歌人はどのように描いているか知りたいところだ。

原文

来可視　人毛不有尓　吾家有
梅之早花　落十方吉

訳文

見に来てくれそうな人も私はいないのだから、わが家の梅の花よ、散ってもかまわないぞ

しくしく降る春雨

河辺朝臣東人《かはへのあそみあづまひと》の歌一首

春雨《はるさめ》の
しくしく降るに
高円《たかまと》の
山の桜は
いかにかあるらむ

（河辺朝臣東人　巻八の一四四〇）

体感訳

春雨が
しきりに降る今……
高円山の桜は
いったいどうなっているのだろう！
（咲きはじめたのかなぁ、それとも？）

ことば

春雨の　原文は「春雨」だから「ハルアメ」と読んでもよいのだが、仮名書きの例に「波流佐米」（巻十七の三九六九、巻十八の四一三八）とあるので、「ハルサメ」と読むべきであろう。万葉びとも、「ハルサメ」と言っていたのだろう。

しくしく降るに　「しくしく」は副詞で、しきりに、絶え間なく、ひっきりなしにの意味となる。

高円の山の桜は　「高円」は仮名書きの例に「多可麻刀」（巻二十の四二九五）、「多加麻刀」（巻二十の四二九六）とあるから、「タカマト」と清音で訓む。奈良市東南の春日山の南の山。山麓には聖武天皇の離宮や大伴坂上郎女《おおとものさかのうえのいらつめ》の別邸があったことがわかっている。ただし、それらの正確な所在地は不明。

いかにかあるらむ　「どうなっているのであろう」という意味。

解説

花と雨との争い

現代語の副詞「しくしく」は、ほぼ「泣く」という動詞に限定して用いられるが、古典語はそれよりも広い範囲で使用することができた。だから、雨が「しくしく降る」ともいえるわけである。では、雨がしくしく降るとは、どういう状態をいうかというと、絶え間なく降るということを意味する。おそらく、豪雨ではないが、降りやまない春の雨のことを歌っているのであろう。「なたね梅雨」であり、春の霧雨のようなものを思い浮かべれば、大過あるまい。「花に嵐」の譬えもあるように、桜の開花期に雨はつきもので、であるからこそ、桜の花はいとおしまれる存在なのである。おまけに、桜の花は風雨に弱く、雨、風ですぐ散ってしまう。ところが、その散りぎわが美しく……、やはり春は桜なのである。

古代の人びとは、雨や露が、つぼみにかかることで桜の花が開花すると考えていた。

春雨《はるさめ》に
争《あらそ》ひかねて
我《わ》がやどの
桜の花は
咲きそめにけり　（巻十の一八六九）

という歌があるように、花は命を長く、早く咲くまいと念じ、雨は少しでも早く開花をうながしたいと降る。それは、あたかも、花を咲かせようとする雨と、咲くまいとする桜との間の争いのごときものだ、というのである。

こういう古典知識を補って読むと、この歌の妙味は増すこととなる。つまり、雨で桜が開花することを期待した歌とも解釈できるからである。もちろん、雨は花を散らすから、散ってしまうのではないか、と心配した歌であるとも当然解釈はできる。

はて、どちらで解釈してよいものか？

結局、雨に咲くことを期待しているのか、雨に散ることを心配しているのかは、読者が判断するしかないようだ。その両方に解釈できるところに、この歌の妙味があるのかもしれない。

古典の解釈について

少し乱暴な言い方をすれば、文学作品というものは、できた瞬間から古典になる。もちろん、「典」は大切な書物を表す漢字だから、すべてが古典になるわけではないが、書かれた瞬間から過去のものになる。すると、書かれた時代には、「常識」と思われていた事柄が、後世にはわからなくなってしまう。当然、古ければ古いほどわからなくなる。

そこで古典研究者は、このわからなくなってしまった「常識」を、研究によって得た知見で「知識」として補って、古典の解釈をしようとする。当該歌の場合、雨と花の関係を解説するのもそのためである。古典研究で一番大切な仕事は、このような忘れさられた「常識」を、研究によって得た「知識」で補うことである。

以上のように、表現の前提となる「常識」をどう認定して表現するのかということは、表現者に常につきまとう命題だ。自分は意識しなくても、表現というものには、常に何らかの前提すなわち「常識」というものがあるはずだ。つまり、いかなる短歌も時代の制約の中でしか表現できないという事実である。意識するか、しないかは別として。

原文

春雨乃　敷布零尓　高円
山能桜者　何如有良武

訳文

春雨がしきりに降りつづく今、高円の桜は、いったいどうなっているだろう

歌人

河辺朝臣東人（生没年未詳）

神亀五（七二八）年六月、山上憶良《やまのうえのおくら》が病の時、藤原八束《ふじわらのやつか》の使者として見舞ったことで有名だが、残っている歌は一首しかない。

あしびの花ですぞ！

かはづ鳴く
吉野《よしの》の川の
滝《たき》の上《うへ》の
あしびの花ぞ
端《はし》に置くなゆめ

（作者未詳　巻十の一八六八）

体感訳

蛙の鳴き声で有名な……
吉野川の
滝のほとりの
これは馬酔木《あしび》の花ですぞ！
そんじょそこいらの馬酔木じゃない！
けっして隅に置いたりしないように——

ことば

かはづ鳴く　「かはづ」は、「かじかがえる」のことだといわれているが、限定しすぎてもよくないと思われる。広く蛙と考えておけばよいだろう。吉野川の「かはづ」も有名だったらしく、『万葉集』には、六田《むつた》の川の一例を含め、五首も詠まれている（巻六の九一三、九二〇、巻九の一七二三、巻十の二一六一、当該歌）。ただし、この歌では、「かはづの鳴くことで有名な吉野川」という意を込めて、吉野川を修飾していると見るべきであろう。「食いだおれの街・大阪」などという表現と同じように、こういった表現はみんながよく知っていることを前提に成り立つものである。

吉野の川の　吉野は、奈良県吉野町の「吉野」だが、かの地は、壬申の乱の直前、天武天皇と持統皇后が潜んでいた地であり、いわば天武天皇の子孫たちには聖地であった。ために、持統朝以降たびたび行幸が行なわれている。ということは、飛鳥・藤原・平城の都の人びとにも有名な土地であったと思われる。万葉歌の吉野は花の吉野ではなく、川の吉野。平安和歌世界では雪の吉野であり、吉野が花の名所となるのは、西行の有名な「吉野山　桜が枝に　雪散りて　花遅げなる年にもあるかな」（『新古今和歌集』巻第一春歌上の七九）、「吉野山　去年《こぞ》のしをりの　道かへて　まだ見ぬかたの　花を尋《たづ》ねん」（『新古今和歌集』巻第一春歌上の八六）以降である。

滝の上の　滝はここでは垂直に落ちる水ではなく、川の激流のこと。上は「辺」すなわち「あたり」ということである。

あしびの花そ　常緑低木でツツジ科。高さは、大きくなっても三メートル程度。白いつぼ状のかれんな小花を咲かせる。

端に置くなゆめ　「はしにおく」は、粗末にするという意。

解説

吉野のあしび

巻十の「春の雑歌」の「花を詠む二十首」のうちの一首で、作者未詳歌。ただし、一般的には「作者未詳歌」とか「作者不明歌」といわれているが、実際は不記載歌といった方が正しい。

つまり、作者がいるけれどわからないのか、もともと作者などいないのか、判断できないからである。わかるのは、記載されていないことだけだから、これらの歌は「作者不記載歌」というべきものであろう。当然「作者不記載歌」は、『古今和歌集』以降の「読み人知らず」とも違う。あくまで、作者が記載されていない歌と考えなくてはならない。

「あしび」は、かれんなスズラン状の花を早春に咲かせるが、馬が食べると、弱い毒性で酔ったようになるので「馬酔」「馬酔木」と表記する。

かの有名なる吉野川の滝のほとりのこれは馬酔木の花ですぞ、粗末にしたら罰があたりますぞ……という内容で、大切にね！　という声が聞こえてきそうな歌である。吉野の馬酔木が、このようにいわれるのは、吉野が万葉びとのあこがれの土地だったからであろう。

歌の歌われた状況を考える

当該歌には、題詞がついていないので、いつ、どこで、だれが、何のために歌ったのかはわからない。歌の表現から類推すれば、吉野川に行った人物が、馬酔木を手折り、それを他人にプレゼントしたときの歌であると考えられよう。実際にこういった類推をする研究者も多い。もう一つあえていえば、吉野の馬酔木の花が粗末にされている状況を見た人物が、注意した可能性もあろう。どちらにせよ、歌った人物には、吉野に対する強い思い入れがあることは明白だ。「これはね、フランスで買った香水ですよ。そんじょそこいらの香水とはわけが違う。大切に使ってくださいよ」とフランスみやげの香水を渡すようなものだ。つまり、こういう表現の背景には特定の土地への思い入れがあることはまちがいない。

歌に地名を詠み込むことは、いろいろな意味がある。常に考えねばならないのは、地名を入れることによって、どのようなイメージが付加されるかということだ、と思う。

原文

川津鳴　吉野河之　滝上乃
馬酔之花曽　置末勿勤

訳文

蛙の鳴く、吉野の川の激流のほとりの、これは馬酔木の花です。粗末にしてはなりません。けっして

お見送りの歌

二月十日に、内相《ないしやう》の宅《いへ》にして
渤海大使《ぼつかいだいし》小野《をのの》田守《たもり》朝臣《あそみ》等《ら》に餞《せん》する宴の歌一首

青海原《あをうなはら》
風波《かぜなみ》なびき
行《ゆ》くさ来《く》さ
つつむことなく
船は早けむ

右の一首、右中弁《うちうべん》大伴宿禰家持《おほとものすくねやかもち》　未《いま》だ誦《よ》まず。

〔大伴宿禰家持　巻二十の四五一四〕

体感訳

青海原の風も波も
静かに凪となり――
行きも帰りもつつがなく
船は早く着くでしょう！
船は早く着きます！

ことば

内相の宅　紫微《しび》内相藤原仲麻呂《ふじわらのなかまろ》の邸宅、田村第《たむらのてい》のこと。

渤海大使　日本から渤海国に派遣される大使という意味。渤海国は、七世紀末から十世紀初頭、中国の東北部から朝鮮半島北部、さらに一部ロシアの沿海州地域に存在していた国家である。この使節が派遣された天平宝字の頃は第三代の文王大欽茂《だいきんも》（在位七三八－七九四）の時代で、隆盛期にあった。唐と新羅《しらぎ》との間に挟まれていたため、日本との連携を大切にしていた。この宴は、天平宝字二（七五八）年に行なわれたので、その後、小野田守は、渤海に赴いたはずなのだが、『続日本紀』に出発記事はない。ただし、帰国記事はあるので、小野田守一行は出国し、役目を果たし、「つつむことなく」帰国できたのであった。

餞する　送別宴を行なうこと。

青海原　ここでは、これから渡る海を表現している。

風波なびき　風波がなびくということは、静まって平らになるという意味。西日本の諸地域では、「ナギ」になるとよくいう。

行くさ来さ　「サ」は諸説あるが、時の意味を表す接尾語とみるのがよいだろう。つまり、行く時も帰る時もの意である。

つつむことなく　「つつみなく」（巻二十の四四〇八）に同じ。「つつむ」とは事故にあうこと。したがって、事故や病気にあうことなく、無事にということである。

船は早けむ　船は早いだろうという意だが、もちろんそうあってほしいということを願っての表現である。

未だ誦まず　家持の名前の下に「未誦之」とある。つまり、あらかじめ歌を作って送別会に行き、披露するつもりだったのであろうが、その日の宴会で披露するチャンスを与えられなかったのである。

解説

歌を学ぶということは、歌が歌われた時代を学ぶということ

歌を学ぶということは、その歌が歌われた時代を学ぶということだ。それは、なぜか？　それは、歌は世につれ、世は歌につれというように、歌は時代を映す鏡だからだ。

三七頁で説明したように、「遣新羅使」とは、新羅の国に派遣された使節団のこと。だから、渤海国に派遣されれば、「遣渤海使」なのである。日本にとって、渤海との貿易はきわめて魅力的なものであった。北方の毛皮類などが手に入るからである。時の内相は、自らの邸宅・田村第に、大使一行らを招いて、送別宴を挙行したのである。

送別宴。それはしばしの別れを惜しむ宴会であると同時に、壮行会でもあるので、そのあたりは、時々によって事情も異なり、雰囲気も異なる。ただ、考えておかなくてはならないのは、前近代の社会では、旅の安全が、保証されていないということである。この点は今と違うところだ。読者のなかには、海外で歌を詠んだ人も多いと思うが、万葉の時代と今とでは、緊張感が違うか

もしれない。そういった点を加味して万葉歌を味わってほしいと思う。

空振りに終わった家持

家持は、几帳面な人だ。とにかく、記録をよく残そうと努力している。この天平宝字二年二月十日、すなわち太陽暦だと三月二十七日、家持は内相宅の送別宴に出席したのであった。

家持は、ここで一つの予想をした。パーティーでは、ひょっとして「家持さん、ぜひ歌を披露してくれませんか？」と促される可能性があるかもしれない。突然、歌を披露してくださいと言われて、恥をかいては一大事。あらかじめ用意しておいて、披露してくださいと言われたら歌を出そうと考えていたのであった。ために、この歌を作っていたのである。

が、しかし。家持の予想に反して、歌の披露を求められることはなかったのである。それを家持は、ご丁寧にも、家に持ち帰り、日記に書き込んでいたのである。それが、『万葉集』の巻二十に収載されることとなったのである。ではなぜ、そういう歌を日記に書き留めておいたのか。おそらく、それは考えた表現を無駄にしたくなかったからであろう。簡単にいえば、次に何らかの送別宴、それも送られる人が船旅をするのであれば、この歌は使えるはずである。

ちなみに、私は歌を詠むことはできない。しかし、教え子の結婚式では、賀歌を披露することがある（まぁ、この時だけは例外だ）。ここだけの話だが、スピーチの中では、当日その会場で、あわてて作ったことにしているが……じつは前日までに作っている。

「私は、歌人でもありませんし、歌も詠んだことはないのですが、今日の祝宴に、この会場で、今作ってみました。まだよく推敲もできていませんが、餞《はなむけ》に披露させていただきます。へたな歌を披露する無礼をお許しください。では……」と。

原文

阿乎宇奈波良　加是奈美奈妣伎　由久左久佐
都〻牟許等奈久　布祢波〻夜家無

訳文

青海原の風波も静かに凪いで、行きも帰りもつつがなくご無事に。お船はきっと早く着くことでしょう

歌人

大伴宿禰家持（七一七－七八五）

幼少期は、父・旅人《たびと》とともに九州・大宰府に過ごす。天平十（七三八）年、内舎人《うどねり》となったのを振り出しに国司を含め多くの官職を歴任。『万葉集』編者の一人と目されている。『万葉集』には、合計四七九首の歌を残している。

去りゆく者の美学

桜花《さくらばな》
時は過ぎねど
見る人の
恋《こひ》の盛《さか》りと
今し散るらむ

（巻十の一八五五）

体感訳

桜の花の盛りの時はまだ過ぎていない
——まだ過ぎているわけではないのに
人がもっとも己を愛してくれている、
その時を知っているかのように……
惜しまれる時を知って
今散ってゆくのであろう、今！

ことば

時は この歌の「時」は、盛りの時を示す。

過ぎねど この「ね」は、打消の助動詞「ず」の已然形。つまり、過ぎたわけではないが、過ぎたわけではないけれども、という意味となる。

見る人の ここでは、桜の花を見る人のという意味となる。

恋の盛りと 見たい、という思いが、もっとも頂点に達した状態をいう。花を見たいという思いを「恋」と表現した例としては、「あしひきの　山桜花　日並べて　かく咲きたらば　はだ恋ひめやも」（巻八の一四二五）、「秋萩に　恋尽くさじと　思へども　しゑやあたらし　またも逢はめやも」（巻十の二一二〇）などがある。

今し散るらむ 「し」は、強意の助詞。続く「らむ」は、いわゆる現在推量の助動詞「らむ」。

解説

恋の意味と範囲

万葉歌では、相手と離別している時だけに「恋」という言葉を使う。したがって、二人で逢っている時は、恋ではない。もう一つ、恋の対象は、人間だけではない。「ことば」の項で見たように、花や植物も対象である。

つまり、「恋」という言葉の範囲が違うのである。恋の対象が土地になることもあるので「大和恋ひ　眠《い》の寝らえぬに　心なく　この州崎廻《すさきみ》に　鶴《たづ》鳴くべしや」（巻一の七一）という歌もある。

つまり、難波に行くと大和が恋しいと歌うのである。

ただし、こういう言葉を研究する時は、何が常態例で、何が特例なのかをみきわめることがきわめて難しいのである。詩は、言葉のはみだした使い方によって、心情を表現しようとするからである。これは、今日においても、歌を作る場合、歌人が皆、念頭においている事柄であろう。

桜と日本人

一つの地位や名誉の頂点にある時に、後進に道を譲って引退をする。その去り際、散り際の潔さをよしとする美学が日本にはある。一方で、政治家や経営者が追い詰められると、逆に必ずいう言葉がある。「私は、決してこの地位に恋々とするものではありません。しかし、その職責をまっとうすることが、今は大切と考え、辞職を留まることとしました」という言葉である。

よく日本人は、中国人の面子《メンツ》をうんぬんいうが、日本人だって相当なものだと思う。潔く散る美学、桜のように散りたいという気分が、多かれ少なかれ、われわれの心にはあるのだ。一方、散り際の美学は面子の問題となることもあり、太平洋戦争では、散華の思想ともなって、多く若者の生命を奪った。

というより、桜の花のように散ろうと死を選ばせてしまうのである。私は、日本が自殺大国であることの理由に、こういった散華の思想がないか……と少し疑っている。というより心配している。

まるで、桜の花は、見る人の心を知っているかのように、いちばんの盛りの時に、散ってゆく、というのは、そういう去りゆく者の美学が、すでに万葉の時代に存在していたことを証明するものであろう。

宗教学者の山折哲雄さんは、海外からやって来た留学生に、日本人の人生観を知るために、「日本人と桜の関係を勉強しなさい」と指導するという。それは、いかにも山折先生らしいと思った。おそらく、自己と桜を重ね合わせる美学が、日本人にはあるのだろう。

筆者がやっている毎日放送のラジオ「上野誠の万葉歌ごよみ」という番組で、初代のアシスタントをしてくれた武川智美アナウンサーが、私にこんな話をしてくれたことがあった。

武川さんは「私は花見に誘われれば行くことはありますが、今は自分からはあまり行きません」というのである。私が「えっ……」と驚くと、彼女はこう言ったのである。

「最近、桜の花を見ると悲しくなってしまうんです。こんなに一所懸命咲いているのにすぐ散ってしまう。満開であればあるほど、自分でもうまく説明できないのですが、胸の奥から何かがこみあげてきて、もうダメなんです。だから、最近、お花見に行きづらくなってしまって……」と。

なるほど、私は彼女ほど感受性が豊かではないが、その気持ちは理解できた。

桜は燃える。燃え尽くす生命そのものなのであり、それは歓喜のきわみなのであるが、であるが故に無常の花ともなるのである。

原文

桜花　時者雖不過　見人之
恋盛常　今之将落

訳文

桜花は、時が過ぎたわけでもないのに、見る人に惜しまれるうちにと考えて、今散るのであろうか

都への思い

大宰少弐《だざいのせうに》小野老朝臣《をののおゆあそみ》の歌一首

あをによし
奈良《なら》の都は
咲く花の
薫《にほ》ふがごとく
今盛りなり

（大宰少弐小野老朝臣　巻三の三二八）

体感訳

あをによし
奈良の都はね……
咲く花が
照り輝くように
まさに今が盛り！

ことば

あをによし　奈良に係る枕詞。「あをに」とは青い土をいうが、それがどのような土で、なぜ「ナラ」に係るのかは不明。「よし」は誉め言葉で、素晴らしいということ。ということは、「玉藻よし」なら、玉藻が素晴らしい。「麻もよし」なら、麻も素晴らしいということになり、基本的には、特産品でその土地を誉める言い回しであると理解してよい。ただし、土地と特産品の結びつきは、一様ではなく、たくさん取れるとか、質が良いとかいうほんとうの名産品という場合もあるだろうし、単なる地名とのごろ合わせから来ている場合もある。

奈良の都は　原文には「寧楽乃京師者」とある。天皇の居所は、すべて「みやこ」と呼ばれるから、天皇が旅をすれば宿営地も「みやこ」になる。だから、地名を冠して呼び分ける必要があり、他と区別して「奈良の都」というのであろう。「みやこ」は、一つではないのである。

咲く花の　花をもって、都を讃える例。つぼみから花が開く、その瞬間の美しさや生命力を表現しているとみなくてはならない。

薫ふがごとく　「にほふ」は、嗅覚表現ではなく、視覚表現。光を映じて、色が外に広がってゆくさまをいう。ために、照り輝くようにと訳している。

今盛りなり　開花して咲く花が照り輝くように盛るとは、花が自分の力でその美を外に示そうとしている状態をいうのである。盛りというのは、そういうものだ。対して、盛りを過ぎた花は、風雨に身をゆだねるしかない。ここは花の力のごときものを讃えているのであろう

解説

小野老は幸運な男か

小野老の歌で、今日残っているのは、この歌を含めてたった三首しかない。それでも、小野老の名は、万葉歌人として著名だ。『万葉集』を勉強した人で、老を知らないという人はいないはず。彼は、上司が旅人《たびと》であったことから、たまたま歌が大伴《おおとも》氏に伝えられ、さらにその歌が『万葉集』に収載されたために、三首の歌が残ったにすぎない。歴史のいたずらか、なんと幸運な男だろう。しかし、後世に名前が残るというのは、案外こういうケースが多いわけで、驚くには当たらない。

じつは、『万葉集』にしか、名前を伝えていない人物は多いのである。柿本人麻呂《かきのもとのひとまろ》も、山部赤人《やまべのあかひと》も『万葉集』以外の資料に名を留めているわけではない。だから、三首で有名歌人となり、後世に名を残している老も、幸運な人物には違いないが、そういう人物も多いということも念頭におくべきであろう。

奈良の都を語る時に想起される名歌として

では、なぜ、小野老の名が、人口に膾炙《かいしゃ》したかといえば、この歌が、奈良の都の讃歌として、あまりにも有名だからだ。名歌には、無駄というものがないが、この歌には無駄がなく、名詞の一つ、助詞の一つというものが、すべて平城京を讃える表現となっている。だから、今日においても、平城京について言及する場合、必ず引用されるのである。つまり、平城京讃歌といえば、必ずこの歌が想起されるのである。

当該歌はすでに平安時代に、奈良を讃える歌として有名であった。『百人一首』にも採用されている、伊勢大輔《いせのたいふ》の、

いにしへの　奈良の都の　八重桜《やへざくら》　けふ九重《ここのへ》に　匂ひぬるかな（伊勢大輔『百人一首』）

は、あまりにも有名である。伊勢大輔歌が歌われた事情については、『伊勢大輔集』の詞書に詳述されている。

伊勢大輔は、奈良の八重桜を宮中に運ぶ役を突然命じられる。紫式部《むらさきしきぶ》が辞退したからである。おまけに藤原道長《ふじわらのみちなが》からは、歌一首詠めと下命を受けてしまう。降って湧いた大役である。その時に歌ったのが、この歌であった。大輔の脳裏に、小

飛鳥の桜花

野老歌がとっさに浮かんだのであろう。小野老歌を踏まえることによって、八重桜が九重（宮中）にやって来たことを見事に歌ったのであった。おそらく、大輔は、小野老歌の知名度が抜群に高いことを知って、それを踏まえて、作歌したのであろう。

「ものまね」や「声帯模写」がおもしろいのは、その「元」を知っているからである。本歌取りも、そのような観点で考えなくてはならないのである。歌も、芸なのである。

原文

青丹吉　寧楽乃京師者　咲花乃
薫如　今盛有

訳文

（あをによし）奈良の都は、咲く花が照り輝くがごときに、今真っ盛りであることよ

歌人

大宰少弐小野老朝臣（未詳－七三七）

「大宰少弐」とは大宰府の次官を示す言葉。養老三（七一九）年従五位下、天平元（七二九）年従五位上に昇進し、神亀五（七二八）年ころ大宰少弐として大伴旅人の部下となっていた。天平九（七三七）年六月大弐従四位下で没している。「小野老朝臣」の「氏名プラス姓《かばね》」は敬意を表す言い回し。「内閣総理大臣吉田茂」というより、「吉田茂内閣総理大臣」のほうが、敬意が高い言い方になるのと同じ。

あしびのたとえは……

あしびなす
栄《さか》えし君が
掘りし井の
石《いし》井《ゐ》の水は
飲めど飽《あ》かぬかも

（巻七の一一二八）

体感訳

馬酔木《あしび》の花のごとくに
栄えておられたかの君が
掘られた井、それも石囲いの井の水は……
飲めども飲めども飽きることなし——
（君の遺徳の井の水の
すばらしきこと限りなし——）

ことば

あしびなす 馬酔木は、ツツジ科の常緑低木で、スズラン状の小さな花が次々に房状に咲いてゆく。小さな花だが、たくさんの花がおり重なるように咲く花なのである。そのように花をたくさんつける馬酔木のごとくにという意味で「栄えし」に掛けられている。

栄えし君が 「君」は女が男を呼ぶ呼称。もともとは劣位の者が優位の者を呼ぶ呼称だったと思われる。大君といえば、天皇か天皇に準ずる貴人をいう。「し」は過去を表す助動詞。

掘りし井の この「の」は、いわゆる同格の「の」。「掘りし井」と「石井」とが同格であることを示している。掘った井戸で石囲いになっている井戸ということである。

解説

馬酔木の花

人といっても人さまざま。花といっても花さまざま。大輪の花もあれば、かれんな花もある。大家の屋敷の庭に咲く花もあれば、ひっそりと咲く野の花もある。花の歌の表現について考える場合大切なことは、その花のどのような特徴を捉えて、何の喩えになっているかを考えることであろう。この歌の場合は、「あしびなす」が「栄ゆ」を修飾しているのだが、それは小さな花が集まって房をなし、それが木にいくつもぶら下がる花であるという特徴を捉えてのことである。つまり、君の栄えは、馬酔木の花のごとくというわけである。

では、栄えるということはどういうことであるかというと、壮健であり、宮廷や地域に対して、相当なる影響力を持つということだろう。つまり、権勢を誇る人ということである。花の喩えも、花さまざまなのである。また、それは歌ごとに違うから、自らの恋心が全開であることを表す「我《わ》が背子《せこ》に　我《あ》が恋ふらくは　奥山の　あしびの花の　今盛りなり」（巻十の一九〇三）という例もある。対して、「悪し」を想起させて「悪くない人」→「好ましく思う人」→「恋人」という表現になっている「おしてる　難波《なには》を過ぎて　うちなびく　草香《くさか》の山を　夕暮《ゆふぐれ》に　我《わ》が越え来《く》れば　山も狭《せ》に　咲けるあしびの　悪《あ》しからぬ　君をいつしか　行《ゆ》きてはや見む」（巻八の一四二八、三〇頁参照）という例もある。だから「花言葉」のようにイメージを決めつけてはいけないのである。

井戸を掘った人を讃える歌

では、権勢を誇る君が掘った井戸とはどんな井戸だったのか？　一つは、自然の湧水ではなく、掘った井戸すなわち「掘井」であったということであろう。対して、地表面から噴き出す湧水は「走井《はしりゐ》」といった（巻七の一一一三など）。当然、「掘井」のほうが労力が必要で経済力がなくては掘ることができない。したがって、井戸を掘るということは、前近代社会においては、その土地の支配者や有力者の行なう事業であった。

さて、掘井の場合は、掘ったままでは埋まってゆく恐れがあるので、井戸枠というものが必要となる。安価にできる方法は、板を使って井戸枠を作る方法である。対して、石を積み上げた「石井」は、井戸としては、堅牢で豪華な井戸ということになる。ために「掘った井戸」で「石積みの井戸」となれば、高価な井戸ということになる。そう考えてこそ、「あしびなす栄えし君」との表現の釣り合いがとれるのである。

それでは、歌の主題はどこにあるかというと、立派な、力のある君が掘った、掘井で石井の水は、飲んでも飲み飽きないというところにある。この井戸の水は、水質がよく、おいしいということだが、言いたいのは、その井戸を掘った人が偉大であるということのほうである。「見ても見ても見飽きない」「飲んでも飲んでも飲み飽きない」とは、最高の褒め言葉であり、間接的に井戸を掘った人に対する敬意と謝意が表現されていると見なくてはならない。つまり、褒めることで、敬意と謝意を表しているということになる。以上のように考えると、この歌の「君」なる人が気にかかる。おそらく、土地の有力者ということになるであろう。つまり、当該歌は井戸を褒めた歌であり、井戸を掘った人のことを讃える歌となっているのである。

原文

安志妣成　栄之君之　穿之井之
石井之水者　雖飲不飽鴨

訳文

たくさん花をつける馬酔木のごとくに栄えていた君が掘られた井戸で、石囲いの井戸の水は、飲んでも飲んでも飲み飽きないことだ

一週間に十日来い！

春雨に
衣《ころも》はいたく
通《とほ》らめや
七日《なぬか》し降らば
七日《なぬか》来《こ》じとや

（巻十の一九一七）

体感訳

春の雨がざあざあ降ってだよ、
衣がひどくさぁ、濡れ通って
（私の家まで）
来られないなーんてことが、
ほんとにあるのかなぁ！
もしも七日降り続いたらだよ
七日も来ないつもりなの――

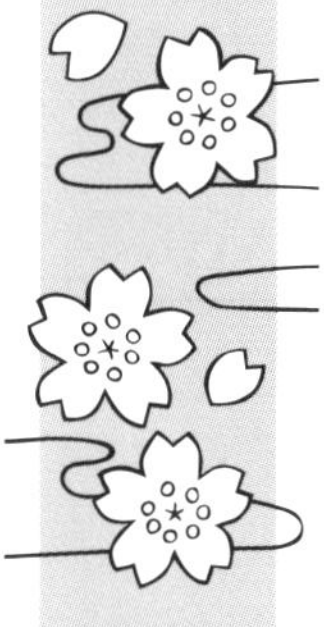

ことば

衣はいたく　通らめや　ここは、反語。下着まで雨が濡れ通ることがあろうか、の意となる。「いたく」は、タイソウという意味だから、雨で濡れて、はたしてほんとうに私の家に来るのに支障があるのか、と疑問がぶつけられているのである。

七日し降らば　女が、自分の家に男がやって来ない日数を強調して言っている表現。つまり、七日ごぶさたは長過ぎるということであろう。七日の連続や七日の不在は、長期と考えるのであろう。「近江の海　沖つ白波　知らずとも　妹《いも》がりといはば　七日《なぬか》越え来む」（巻十一の二四三五）、「……鰹釣り　鯛釣り誇り　七日まで　家にも来ずて……」（巻九の一七四〇）という例もある。一つの区切りと考えられる期間と考えてよい。

七日来じとや　「とや」「とか」は、相手の心中を推測する言い回しである。それを相手に問いとして発すれば、「〜トイウコトデスカ」「〜トオ考エデスカ」ということになろう。

解説

笑いが逃げ道となる

男たるもの、女たるもの、時には言いわけが必要なことがある。「どうして、デートをすっぽかしたの？」「あの女の人と食事をしたのはどうして」「私だけと言っていたのに」などと。それは、男にとっても、女にとっても一つのピンチである。

当該歌は、女が男を責めた歌。歌中の「来じ」とあるのは、男が女の家を訪ねる妻訪いのことである。この男は、女と付き合いだして、ほぼ連日、女の家に行っていたのであろう。もちろん、夜は共寝をして朝帰るわけだが、雨の降ったその日、男は女の家を訪れなかった。折しも、時は春。そこで、女は男を、この歌によって懲らしめようとしたのである。

「ふーん。だったら七日雨が降ったら、七日来ないんだ」「だよね。あなたは、そういう人なのよね」と。こう言えば、男はいやおうもなしに来なくてはなるまい。いわば、女はこの歌で男の心を試したのである。

歌中の「七日来じとや」は、相手の気持ちを忖度《そんたく》する言い回しであることは「ことば」の項で前述した。現代でいえば、「ほんとに七日も来ない気なんですか」というニュアンスを含む。こんな雨くらいで、来てくれないとは、あなたの情は薄いのですねと攻撃しているわけである。その前提には、春雨はどしゃ降りすることはなく、着物を濡らしても、下着まで濡らすことはないから、外を歩いたとしても、たいしたことはないという前提がある。梅雨や台風や、大雪に比べれば、たいしたことはないではないか。「だったら、私の家に来てよ」というわけなのであろう。その場合、七日というのが目安になっているところがおもしろい。おそらく、七日訪ねて来ないということは、女が男の気持ちを疑うに充分な時間だったということである。

恋と雨と

『伊勢物語』の一〇七段に、通称「身をしる雨」という章段がある。それは、こんな話である。

とある高貴な男の家に身を寄せるある女を、藤原敏行《ふじわらのとしゆき》という男が好きになった。女はまだ若く、手紙を書くこともままならず、歌などを詠むことなど、ましてままならない。そこで、高貴な男は、女に代わって、敏行から来た手紙への返事を出した。敏行は、その歌に感動するばかり。こうして二人は結ばれたのだが、こんなことがあったという。

男、文おこせたり。得てのちのことなりけり。「雨のふりぬべきになむ見わづらひはべる。身さいはひあらば、この雨はふらじ」といへりければ、例の男、女にかはりてよみてやらす。

かずかずに思ひ思はず問ひがたみ身をしる雨はふりぞまされる

とよみてやれりければ、みのもかさも取りあへで、しとどにぬれてまどひ来にけり。

（『伊勢物語』一〇七段）

敏行は、「おまえさんのところに行きたいが、雨が降りそうなので迷っています。わが身に幸あれば、雨は降らないでしょう」と手紙を書いてきた。そして、女に代わって、かの男は、「かずかずに……（心底思ってくれているのか、思っていないのか、たずねとうございます。私をどう思っているのかわかるこの雨は、私の涙と同じです。どんどん降っておりますよ）」と返したのである。すると、蓑笠もなく、男はすっ飛んで来たという。

ちなみに、携帯電話と携帯メールが普及した今日、数時間でも所在地不明となれば、疑われる。だから、現代人は常に、愛を確かめておく必要があるのかもしれない。

幸というべきや、不幸というべきや！

原文

春雨尓　衣甚　将通哉
七日四零者　七日不来哉

訳文

春雨で、衣はひどく濡れ通るものでありましょうや。七日降ったならば、七日ずっといらっしゃらない気ですか

第5章 夏のうた

フラれたことよ

紀朝臣豊河《きのあそみとよかは》が歌一首

我妹子《わぎもこ》が
家《いへ》の垣内《かきつ》の
さ百合花《ゆりばな》
ゆりと言へるは
否《いな》と言ふに似る

（紀朝臣豊河　巻八の一五〇三）

体感訳

いとしい、いとしいあの子の
家の垣根の内に
咲いているゆりの花——
その「ゆり」の花ではないけれど
「ゆり」＝「あとで」といわれたのは……
「嫌だ」とフラれたのと同じこと！
（アリャリャ）

ことば

我妹子が 原文は「吾妹児」だが、ここでは「ワギモコ」と訓む。「ワガイモコ」が熟したかたちである。

家の垣内の さ百合花 ここまでが序詞。同音を繰り返すことで「ゆり」を起こす序となっている。巻十一の二四六七にも、同様の序がある。序とは、特定の言葉を引き出す句のことをいう。「垣内」は垣根の内側をいう言葉であるのだが、家の囲いの内だから、邸内という意味になるはずだ。修辞といえば、それまでだが、その言葉の引き出し方にこそ、表現のおもしろみがあるといえよう。したがって、単に修辞とのみ考えていては、歌そのものを読んだことにはならないのである。

ゆりと言へるは 「ゆり」は上代語で「後に」の意味だから、「あとで」「あとでね」という意味となってしまう。

否と言ふに似る 「いな」は、拒否する気持ちを相手に示す言葉。「ダメ」とか、「いやです」とか、「いけません」という意味となる。

解説

相手の配慮が痛い時もある

「あなたとはずっと友だちでいたいから、恋愛モードにはしないほうがいいんじゃないかしら……」とか、「今は恋愛する心の余裕がないので、ごめんなさいね……」とか。相手の心を傷つけないように、世の中にはいろいろな断り方があるが、そんなものはどう言われても同じこと。やんわり言われても同じこと。どうせ、フラれたのだから。「同じ」であるどころか、逆にその「配慮」が、フラれた相手には重かったり、痛かったりすることがある。

「あとで」というのは、「否」というのに似ていると歌い収めたのは、そういう女のありがたい「配慮」を知って、逆に辛かったのであろう。そういう思いを伝えたかったのである。同性の私としては、ちょっとせつない。

ゆりの花を歌う

「ゆりの花」のイメージは、古今東西を問わず清楚なもの。その清楚さが、いとおしいわけで、それはゆりの花が詠まれた歌に、ほぼ共通している。

さて、ここからは、議論となり、意見が分かれる話。この歌の女性の容姿に「ゆりの花」のイメージを重ね合わせてよいか、どうか、難しいところだ。「ゆり」という言葉を起こす序なので、ゆりの花のイメージと女性の容姿を重ね合わせて読むのは、無用の深読みであって、作者の表現意図の「想定外」とする意見もあろう。

対して、清楚、かれんなゆりの花のイメージを重ね合わせることによってこそ、はじめて、作者・紀豊河の失恋の「嘆息」が伝わってくるのではないか、とする考え方もある。私は、後者の派で、序の景と下の句の心情が重ね合わされるところにこそ、この歌の妙を読み取るべきではないか、と思う。とすれば、いとしいあの子の家の垣根の内という部分も、作者の表現意図の中に組み入れて読んでみたくなる。

つまり、深窓の令嬢という「含み」があるのではないか、と。序のイメージを歌の表現意図に組み入れて、深読みに深読みを重ねれば、この歌は、かれんな深窓の令嬢から、やんわりと交際を断られた男の「なげき節」、ということになろうか。

花というものには、悲しいかな生まれながらにもっている「定め」というものがある。一つは、咲いた花は、散るべき運命にあるということ。

もう一つは、もって生まれた美醜の定めである。人びとに賞讃され愛される大輪の花もあれば、ひっそりと野に咲く草の花もある。ひまわりは、月見草になれない。ましていわんや、ドクダミの花は……。

とすれば、花を歌うということは、花のもっている定め、運命を歌うということにほかならないのである。だから素晴らしい詠は、歌われている花を他の花におきかえることができない。それは、花の詠として、その花の花なるがゆえの定めを掬い取っているからである。

野に咲く、清楚な花「ゆり」。当該歌におけるその「ゆり」の歌い方が、私にはじつにおもしろく感じられた。何ともいえない「ゆり」の存在感がいい。

原文

吾妹児之　家乃垣内　佐由理花
由利登云者　不欲云二似

訳文

わがいとしき人の家の、垣根の内のゆりの花ではないけれど、「ゆり」＝「あと」でと言うのは、「いや」と言うのと同じである

歌人

紀朝臣豊河（生没年未詳）

作者は、天平十一（七三九）年、正六位上から外従五位下になった人物（『続日本紀』天平十一年正月条）。「朝臣」は姓《かばね》で、名門紀氏の流れを汲む人物の一人であろうが、その伝記は伝わらない。フラれた歌が一首、『万葉集』に収載されているのみ。

夏の香具山

かよわき女は、つねに泣く

蟬《せみ》に寄する

ひぐらしは
時と鳴けども
恋《こひ》しくに
たわやめ我《あれ》は
定《さだ》まらず泣く

（巻十の一九八二）

体感訳

ひぐらしは
時を定めて鳴くべき時に鳴くけれど……
恋しさが募って
かよわき女一匹——
私は絶え間なく泣く！

ことば

ひぐらしは　『万葉集』に登場する「ひぐらし」が、現在のどの蝉にあたるかは、判断が難しい。ひとまずは、蝉全般のこととして解釈しておきたい。

時と鳴けども　蝉は、春から初秋まで鳴くが、それでも蝉の種は変わる。つまり、蝉は常に鳴くのではなく、いっせいに鳴き出して、いっせいにいなくなるという性格を持っている。ここが、蝉の鳴き方の特徴であり、時を定めて鳴くという言い方になるのである。

恋しくに　「恋しさのあまり」ということであるが、男に逢えない恋しさのあまりということである。

たわやめ我は　「たわやめ」は、女らしい女を示す言葉だが、その内実は、力が弱いとか、肌が柔らかであるという性質を示している。「たわやめ我」は、たわやめである私という言い方となる。この場合、女であることの弱さが強調された言い方といえよう。

定まらず泣く　「時を定めずに泣いてしまう」ということは、四六時中泣くということである。当然、時を定めて鳴く蝉とは違うわけである。

解説

泣くことをどう表現するか

虫や鳥の音で、季節の到来を感じるのは、それが特定の季節にしか鳴かないからである。ここにこの歌の妙があるわけで、蝉ならぬ「たわやめ我」は、四六時中泣いているのである。つまり、心が弱く、いつも感情を表に出してしまうということであろう。

さて、「たわやめ」に対する言葉は何かというと、「ますらを」である。「ますらを」とは、「優れた男」のことをいう。つまり、優れた男と、かよわき女という対があるのである。

では、その男の優れた点とは何だろうか。

例えば、剛毅であるという男性的優位性も、その一つだろう。しかし、万葉歌の「ますらを」に顕著なのは、官僚貴族としての階層的優位性や、倫理的・道徳的優位性であろう（遠藤宏「万葉集未詳歌と『ますらを』意識」『論集　上代文学』第一冊、笠間書院、一九七〇年）。その規範のなかに、片思いなどしないという規範があったのである。

ますらをと　思へる我《あれ》を　かくばかり　恋せしむるは　からくはありけり　（巻十一の二五八四）

などを見ると、恋をすることで悶々とした生活をすることを戒める精神的規範があったことがわかる。しかし、その自負とはうらはらに、募る恋心が歌われているのである。そして、恋のために、「ますらを」すらも泣いてしまうと万葉歌では歌われているのである。

ますらをと　思へる我《あれ》や　水茎の　水城の上に　涙拭《のご》はむ　（巻六の九六八）

歌というものは、定められた規範を越えてしまいそうな心や、越えてしまった心情を表現するものである。ここでは、かよわい女は、恋のために泣いてもよいのだが、それでもずっと泣き続けるのはよくない。ために、この歌では、男とは違い泣いてもよいのだが、その「たわやめ我」も、ずっと泣いてしまっているというほどの心情が込められていると見なくてはならないだろう。泣いている人を見るのは、つらいことである。ために、他人の前では自らの感情を抑えるという社会規範が存在している。これは、今日でも同じことである。が、しかし。それでも抑えられない感情というものがあるということを言いたいのであろう。

公の場では感情を抑制する日本人

台北市の郊外を歩いていて、葬列に出くわしたことがある。参列者はまわりをはばからずに、号泣している。それは、日本では見ることのできない光景であった。しかし、考えてみると肉親が死んで悲しまない人間など、この世の中にはいないはずだ。だから、それはあたりまえの行為ということができる。対して、日本人は多くの人びとの前で喜怒哀楽を表現することを、自分で抑制してしまうことが多い。なかんずく、人前で号泣するのは、恥とされる。

ならば、日本人は常に感情を抑制しているのだろうか。私は、そうは思わない。日本人が、感情を抑制して、表に出さないのは公の場においてである。公の場で喜怒哀楽を率直に表現すると、それは時に不作法といわれたり、時に芝居がかった人といわれたりするのがオチである。力士が優勝を決めた土俵上で、テレビカメラに向かってVサインをしたら、いったいどういわれるだろうか。しかし、祝勝会では、大騒ぎをする。つまり、土俵というのは力士にとっては公の場なのであろう。

「たわやめ」なら、泣いてよい。しかし、ずっと泣くのはよくない。けれど、あの人のことを思うと泣いてしまう。それを蟬との対比で語っているところに、おもしろさを読み取るべきであろう。

原文

日倉足者　時常雖鳴　於恋
手弱女我者　不定哭

訳文

ひぐらしは時を定めて鳴くけれども、恋しさのあまりに、か弱い私は、時の別もなく泣いているのでございます

夏の野に思う

大伴坂上郎女《おほとものさかのうへのいらつめ》の歌一首

夏の野の
繁《しげ》みに咲ける
姫百合《ひめゆり》の
知らえぬ恋《こひ》は
苦しきものそ

（大伴坂上郎女　巻八の一五〇〇）

体感訳

夏の野の
茂みに咲いている姫ゆり——
その姫ゆりのごとくに、
あの人に思いを知られないまま
慕いつづけることは……
苦しくて苦しくて、もう

ことば

夏の野の　夏の野原。「ノ」は、耕作者が管理する「タ」「ハタ」に対して、野守が管理する自然の地。したがって、野の幸を採取する以外に、その奥に入ることは少ない土地であったと考えればよい。

繁みに咲ける　繁みは、伸び放題の草木をいうのであろう。

姫百合の　上三句は「姫百合ノヨウニ」で、「知らえぬ」を起こす序となっている。「姫百合」は山野に自生する小型の百合。夏に、朱または黄色の花を山中で見つけると、ついうれしくなってしまうものである。しかし、夏の野の茂みのなかでは、いくら咲いていても見てくれる人は少ない。ここが、「知らえぬ恋」に喩えられていることはいうまでもない。

知らえぬ恋は　人に知られない恋の意味。「え」は受身の助動詞「ゆ」の未然形。したがって、相手に知られない恋なのである。

苦しきものそ　「そ」はいわゆる指定の助詞。「～は～というものだ」くらいにここでは解釈しておけばよい。

解説

花の話

「ハナ」とは先端を表すことばであり、突出した物や場所をいう。岬の突端も「ハナ」であり、顔には「ハナ」がある。百合は、目立つ花の一つであるといえよう。たくさんの花を見ても、百合を見間違う人は皆無だと思う。いわば、花の中でも目立つ花であり、その姿は清楚かつかれんである。けれども、夏草の中に、一本生えているのでは、それを見出すことは難しい。ために、秘めた恋の喩えに使われているのである。

対して、馬酔木《あしび》の花は、小さいがスズラン状の花をたくさんつけるので、一つ一つの花は小さくても、目立つ花である。こちらも目立つが、山奥に咲けば見る人も少ない。

我《わ》が背子《せこ》に　我《あ》が恋ふらくは　奥山の　あしびの花の　今盛りなり（巻十の一九〇三）

という歌がある。こんなに恋しく思っているのに、相手は私をわかってくれない。それでは、奥山で咲いている馬酔木と同じだというわけである。ないしは、何かの理由で、自らの恋心を相手に伝えられないということを歌った歌である。自ら思うだけで相手に伝えられない恋心を歌う表現法の一つとして、人に見られない花に喩える表現法があったのである。

大伴坂上郎女の恋歌

大伴坂上郎女という言い方は、坂上の地を住地とした大伴氏の女性という意味である。これは、複数の大伴郎女を識別するための呼称である。

大伴坂上郎女は、大伴安麻呂《やすまろ》の娘で、母は石川郎女《いしかわのいらつめ》。大伴旅人《たびと》とは異母妹にあたり、大伴家持《やかもち》の叔母であり、後に姑の関係になる。姑となったのは、大伴坂上郎女の実の娘・大伴坂上大嬢《おおいらつめ》と大伴家持が結婚したからである。はじめ、穂積皇子《ほづみのみこ》に嫁し、皇子の死後に藤原麻呂《ふじわらのまろ》の寵を受けるも、麻呂と別れ、異母兄・宿奈麻呂《すくなまろ》の妻となって、坂上大嬢・二嬢《おといらつめ》を生んでいる。そして、安倍虫麻呂《あべのむしまろ》とも親密な関係を結んだことが知られる。

このような恋愛遍歴から、「多情」とか「淫乱」などとの評を戦前の一時期受けなければならなかった時期もあるが、それは『万葉集』にたくさんの恋歌が残っているからで、歌から人の性的嗜好を評価することなどできない。恋歌が多く伝わっているからといって、恋多き女だったとは結論付けられない。

なぜならば、歌が常に実生活を反映しているとは限らないからである。それは、あたかも、演じた役柄から女優の私生活を類推するごときことである。かえりみて、この恋歌のなんとせつなく淡いことか。

この歌のもう一つのポイントは、夏草の繁茂が、視界を遮るものの喩えになっている点である。だから、咲いても咲いても、思っても思っても、相手に自分の恋心が伝わらないのである。

では、夏草は『万葉集』では何の喩えになっているのだろうか。

①人言《ひとごと》は　夏野の草の　繁くとも　妹と我《あれ》とし　携《たづさ》はり寝《ね》ば
②このころの　恋の繁けく　夏草の　刈り払へども　生《お》ひ及《し》くごとし
③ま葛延《は》ふ　夏野の繁く　かく恋《こ》ひば　まこと我が命　常ならめやも　（巻十の一九八三～一九八五）

①は口うるさい世間のうわさを夏草の繁茂に喩えている。②③は刈り払っても刈り払っても生

えてくる夏草は、もはやコントロールできない恋心の喩えとして歌われている。現代人の皆さんは、夏草と聞いて、何を想起しますか？

原文

夏野之　繁見丹開有　姫由理乃
不所知恋者　苦物曾

訳文

夏の野の繁みに咲いている姫百合のごとくに、相手に知ってもらえない恋は、たいそう苦しいものです

歌人

大伴坂上郎女（生没年未詳）
大伴安麻呂の娘で、母は石川郎女。大伴旅人とは異母妹にあたり、大伴家持の叔母である（五六頁参照）。

第6章 秋のうた

秋の夜は長いか、短いか

秋の夜《よ》を
長しと言へど
積《つ》もりにし
恋《こひ》を尽《つ》くせば
短《みじか》かりけり

（巻十の二三〇三）

体感訳

秋の夜を
長い長いと人はいうけれど……
積もりに積もったこの思い――
その思いを晴らそうとすれば
（ソリャアーソリャアー）
短いもんよ！

ことば

秋の夜を　長しと言へど　「秋は夜長と人はいうけれど」の意。秋の夜長は、誰もが経験的に知っている事実で、人口に膾炙《かいしゃ》した言い方なので、こういう歌い方になったのであろう。

積もりにし　恋を尽くせば　「積もった恋を尽くす」とは、久しく逢うことのできなかった恋人たちが久しぶりに逢うことによって、積もりに積もった思いを晴らすことをいう。七夕歌にも「年の恋《こひ》　今夜尽《こよひつ》くして　明日《あす》よりは　常《つね》のごとくや　我《あ》が恋《こ》ひ居《を》らむ」（巻十の二〇三七）という表現がある。「恋を尽くす」とは、この時とばかりに、語り、抱き合い、その思いを晴らすことをいうのである。

短かりけり　長いと言われる秋の夜も短いものであると、しみじみと思ったことを言った表現。「けり」は、その事実に今初めて気がついた時に使う表現である。ふと気づいたのであろう。

解説

万葉のことば

あたりまえの話だが、時代によって、言葉は変化する。だから、歌言葉にも、歌言葉の歴史というものがある。

「恋」という言葉は、愛する人と逢うことができない状況をいうから、二人が逢っている時は「恋」とは言わない。つまり、「恋」とは、独り悲しむ状況にあることをいう歌言葉なのである。「恋」という言葉の使い方も、現代とは違うのである。よく言われることだが、「恋」を「孤悲」と書くのは、そういう事情を反映しているのである。

では、そういう「孤悲」する二人が逢った時はどうするか……。それが「恋を尽くす」ということなのである。「恋を尽くす」とは、逢えないつらさを解消することをいう言葉なのである。しかし、現代においては、「恋を尽くす」という言葉の使い方をしない。ために、そこは読み手が勉強をしなくてはならないのである。それが、万葉びとの表現を学ぶということである。

季節の挨拶や話題には、一つの型がある。「毎年ですよね。彼岸の入りが寒いのは」とか、「花冷えですね」とか、一つの定型がある。そのような中に、当然、日の入り、日の出、夜の長短に関わる挨拶の言葉がある。

おそらく、「秋の夜長」についての話題が、万葉時代においても一つの挨拶言葉の類型になっていたのだろう。それが、「秋の夜長と人はいうけれど」という表現になっているのである。が、しかし。恋人たちにとっては、その夜長も短いというのである。人口に膾炙している表現を逆手にとって歌っているところに、この歌の妙があるといえるだろう。

短詩型の文芸というものは、その運命として、読み手や聞き手が多くのことを想像しなくては、その言わんとするところを感じ取ることができない。つまり、読み手が自らの想像力で感じ取る文芸なのである。

さて、この歌に関する見方は二つに分かれる。一つはこれを純愛の歌として、正面で受け止める読み方と、もう一つは「どどいつ」のように、一種のざれ歌、バレ歌として読む読み方とがある。私は、後者のどどいつ派で、色っぽい笑いを誘う歌だと考えているのだが……。

偉大なる悲劇は、偉大なる喜劇に通じる

黒澤明監督の映画『生きる』（一九五二年、東宝）は、実直に生きる一役人の生と死を描いた傑作だ。その主人公の生きざまに眼をむければ、シリアスな現代劇となる。ところが、そこに登場する役者たち個別のキャラクターもストーリー展開も、じつに喜劇的なのだ。主人公が胃がんの宣告を受ける場面を思い出してほしい。

医者というものは、胃がん患者に胃がんの宣告をする時にはこのようにするものだと聞かされ、主人公は怯えるのだが……。実際に、主人公がそうあらかじめ聞かされていたとおりに、医者はたんたんと話を進めてゆく。それが、寸分違わず進んでゆく場面は、悲劇というより喜劇となっている。

つまり、この映画は、喜劇仕立てで進行する悲劇ということになる。そして、その底には、現代の官僚制に対する、痛烈な皮肉が込められている。

今回取り上げた歌は、読み方によっては愛の讃歌ともなり、読み方によっては、おのろけどどいつにもなる。私は、そういう「揺れ」こそ、短詩型文学の醍醐味だと思うのだが……。

原文

秋夜乎　長跡雖言　積西
恋尽者　短有家里

訳文

秋の夜を、長いと人はいいますが、積もっていた恋を晴らそうとするとそれは短いものです

飛鳥川と彼岸花

萩のもみじの歌

秋萩《あきはぎ》の
下葉もみちぬ
あらたまの
月の経《へ》ぬれば
風を疾《いた》みかも

（巻十の二二〇五）

体感訳

秋萩の
下葉はもみじになったよ——
（あらたまの）
月を経たのでね
風が激しくなってきたからかなぁ

ことば

秋萩の　秋を代表する花で、山野の萩を自分の家の庭に移植して育てることが、万葉の時代にすでに行なわれていた。

下葉もみちぬ　古代には、紅葉するという意味の「モミツ」という動詞があった。「モミツ」に「赤」の字を用いた例が、『万葉集』には二例ある。

あらたまの　月に係る枕詞。

月の経ぬれば　月を経たので、という意味。秋が時とともに深まってゆくことを含意している。

風を疾みかも　いわゆる「AヲBミ」の形式で、「AがBなので」「AがBだから」と訳すべきところ。「カモ」は詠嘆を込めながら疑問の意を表していると考えられる。「風が激しいからかなぁ」という意味となる。

解説

馬場南遺跡出土木簡

近年、歌を記した木簡の出土が相次いでいる。その一つに馬場南遺跡出土木簡もある。京都府埋蔵文化財調査研究センターと木津川市教育委員会は、二〇〇八年四月から二〇〇九年二月にかけて、京都府木津川市木津天神山地内および糠田の発掘調査を行なった。この調査の過程で歌木簡が出土した。ともに出土した遺物から推定して、奈良時代後期に埋没したと考えられている。

この歌木簡にある「阿支波支乃之多波毛美智」は「秋萩の下葉もみち」と判読できることから、

『万葉集』巻十のこの歌と上句が共通する歌であると判断された。下句が異なる場合もあるので、万葉歌と同一歌と現段階で判断することはできないが、これは驚くべき発見である。

私はこの話を聞いて、驚きもしたが、冷静になれば、そんなこともあるだろうなぁーと妙に納得した。というのは、万葉歌も当時としては流行歌であり、歌われ、木簡に記されることもあるだろうと、思いはじめたからである。

秋萩の下葉とは

萩は花を鑑賞するだけでなくて、その紅葉も鑑賞せられていたのである。花も地味であるが、その紅葉も地味である。しかし、万葉びとたちは、萩の紅葉も楽しんだ。そんな眼で、『万葉集』を眺めてみると、「萩」の「下葉」を歌った歌は、七首ある。

①雲の上に　鳴きつる雁の　寒きなへ　萩の下葉は　もみちぬるかも
（作者未詳　秋の雑歌　巻八の一五七五）

②我がやどの　萩の下葉は　秋風も　いまだ吹かねば　かくそもみてる
（大伴家持　秋の相聞　巻八の一六二八）

③このころの　暁露《あかときつゆ》に　我がやどの　萩の下葉は　色付きにけり

（作者未詳　秋の雑歌　巻十の二一八二）

④秋風の　日《ひ》に異《け》に吹けば　露《つゆ》を重《おも》み　萩の下葉は　色付きにけり

（作者未詳　秋の雑歌　巻十の二二〇四）

⑤秋萩の　下葉もみちぬ　あらたまの　月の経《へ》ぬれば　風を疾《いた》みかも

（作者未詳　秋の雑歌　巻十の二二〇五）

⑥秋萩の　下葉の黄葉《もみち》　花に継《つ》ぎ　時過ぎ行かば　後恋《のちこ》ひむかも

（作者未詳　秋の雑歌　巻十の二二〇九）

⑦天雲《あまくも》に　雁《かり》そ鳴くなる　高円の　萩の下葉は　もみちあへむかも

（中臣清麻呂　巻二十の四二九六）

一見してわかることは、『万葉集』では、「萩」の「下葉」を歌う場合、例外なくその紅葉が歌われている、ということである。

萩の花は山上憶良《やまのうえのおくら》の歌う「秋の野の花」七種の冒頭に歌われた花であり（巻八の一五三八）、「人《ひと》皆《みな》は　萩を秋と言ふ　よし我は　尾花《をばな》が末《うれ》を　秋とは言はむ」（巻十の二一一〇）という歌があるように、秋を代表する花であった。二一一〇番歌は、多数派に対する少数派の異議申し立ての歌であり、逆にいえば絶対多数の人びとが、萩を秋の花の代表と考えていたことの証拠となろう。天平期には、家々のヤド（屋前）に移植することが流行した花であり、『万葉集』中の花の歌の中でもっとも歌数が多い理由もそのためなのである、と考えられる。しかし、かの萩の花も仲秋には散り、秋の深まりとともに根元に近い枝の葉の方から、少しずつ黄色く変色しはじめる。おそらく「下葉もみちぬ」とは、こういった晩秋の萩の様子を表現しているのであろう。

とすれば、萩の下葉の紅葉を歌うことは、天平時代の流行だったかもしれない。ではなぜ、そういう歌が木簡に記されたのであろうか。謎は深まるばかりだ。

原文

秋芽子乃　下葉赤　荒玉乃
月之歴去者　風疾鴨

訳文

秋萩の下葉が色づいたことだ。（あらたまの）月を経たので、風が荒いからなのだろうか

長屋王のもてなし

太上天皇《だいじやうてんわう》の御製歌《おほみうた》一首

はだすすき
尾花《をばな》逆葺《さかふ》き
黒木《くろぎ》もち
造《つく》れる室《むろ》は
万代《よろづよ》までに

（太上天皇　巻八の一六三七）

体感訳

はだすすきとね
尾花とをね逆さに葺いてね
黒木を用いて造ったこの新室はね——
万代まであり栄えるであろう
（めでたし！　めでたし！）

ことば

はだすすき　穂を孕《はら》んだ状態の「すすき」をいう。まだ、穂が開いていない状態を表す言葉である。

尾花逆葺き　「ヲバナ」とは、穂が十分に出て開ききって、「ハナ」となった「すすき」をいう。逆葺きとは、根本が上になる葺き方をいうが、解説の項参照。

黒木もち　皮のついた木材で、皮を剥《む》けば、「白木」となる。一般的には、黒木のまま建築材にすることはありえないが、仮造りの山小屋などでは、黒木のまま使用することがあった。ここは、山住みの民の山小屋の風情で天皇を迎える「あづまや」を建てたのである。

造れる室は　「室」は一般に家屋をさすが、この歌の「室」は庭に建てた宴会用の「あづまや」であろう。元正《げんしょう》時の左大臣・長屋王《ながやのおおきみ》（六八四－七二九）は、自らの別荘の一つ佐保《さほ》宅に「あづまや」を作って、太上天皇を迎えたのである。

万代までに　この後には「あらむ」などの語句が省略されているはずである。「万代」は、永遠にの意味。

解説

逆さ葺きの理由

この歌の解釈が難しいのは、どうして、尾花を「逆葺き」にしたのかということである。逆葺くとは、根本が上になり、穂先が下になる葺き方である。つまり、尾花の穂先が、下を向くように、屋根に載せられている、ということなのである。これを「逆葺き」とわざわざいうのは、「逆葺き」が当時の一般的な葺き方でなかったからである。では、なぜ逆さに葺かれたのであろうか。国文学者・桜井満氏は、その理由を、次のように説明している。

……あえて「逆葺き」といっているのは、原始的な葺き方として、屋根の末端から穂先を下に根元を上にして並べて行き、次にその根元の上に穂先を重ねて並べて行くというように葺いたのではないかと思われる。要するにススキを逆さに葺いたのであって、それは普通の葺き方とは逆なので「尾花逆葺き」といったに違いない（桜井満『万葉の花―花と生活文化の原点―』雄山閣出版、一九八四年）。

つまり、軒先にススキの穂がぶら下る葺き方なのである。

秋を演出する「遊びごころ」

それでは、なぜ長屋王は、佐保宅にこのような尾花の室それも逆葺きの室をあつらえたのであろうか。おそらく、長屋王は佐保宅のなかに、秋の仮廬《かりほ》を再現したのであろう。つまり、秋を演出する趣向の一端として、収穫の時に使用される見張り小屋を、佐保宅の一角に建てて、その仮廬のなかで、宴を行なったのではないか。それは、意表を突く趣向だったに違いない。と同時に、「遊びごころ」のある趣向だったと思われる。それは、軒先に「すすき」の穂を下げて演出した趣向だからだ。

例えば、今日においても高層ビルのなかに、民芸調の居酒屋や、民芸調の喫茶店などが造られることがある。それは、都会のビルのなかに突然出現した「田舎」ということができる。いや、「造られた田舎」「あつらえられた田舎」といえるものかもしれない。囲炉裏《いろり》で炉端焼きを食べさせ、焼き目のついた板壁のなかで地酒を飲ませる、といった趣向の店である。

しかし、こういった趣向こそ、きわめて都会的なものなのである。なぜならば、それは都会人の「田舎」に対する憧れのようなものを、具現化した空間だからである。つまり、「ふるさと」「自然」「田舎」などというキー・ワードを軸として、都会にはない空間を人工的に作り出すのである。そこに、「遊びごころ」もあるのである。流行の先端をゆく左大臣の庭園のなかにできた仮廬に、私はこれと同じような趣向を読み取っている。

今日の茶室も同じであろう。狭い空間であるからこそ、打ち解けて心を開くことができる。新しさや華やかさだけでは、人は時として疲れる。さて、左大臣と太上天皇は、尾花の室で何を語り合ったのであろうか。

原文

波太須珠寸　尾花逆葺　黒木用
造有室者　迄万代

歌人

太上天皇

「太上天皇」とは譲位した天皇の称号である。ここは元正太上天皇（六八〇－七四八）を示している。元正太上天皇は日並《ひなみしの》（草壁）皇子《みこ》の娘にあたる女帝（天皇在位期間は、七一五－七二四）。神亀元（七二四）年に聖武天皇に譲位し、天平二十（七四八）年に崩御した。六十九歳。

訳文

はだすすきと尾花を逆さに葺いて、黒木で造った
この室は、永遠に栄えることであろう

生活のリズムを歌う

忌部首黒麻呂《いむべのおびとくろまろ》が歌一首

秋田刈《か》る
仮廬《かりほ》もいまだ
壊《こほ》たねば
雁《かり》が音《ね》寒し
霜《しも》も置きぬがに

（忌部首黒麻呂　巻八の一五五六）

体感訳

秋の田を刈るために作った
仮小屋もいまだにね
取り払って片づけていないのにだよ
雁の鳴き声が寒々と聞こえるんだよ……
もうね霜さえ置いているかと思われるほどにさぁ
（今年は、雁が来るのが早いよねー）

ことば

秋田刈る 秋の田の稲穂を刈り取るという意味。

仮廬もいまだ ここでは、日常に生活している住居から離れた場所で農作業を行なうために設けた出作《でづく》り小屋をいう。

壊たねば 「こほつ」は「こわす」の意。

雁が音寒し 晩秋から初冬に雁は訪れ、春に帰ってゆく。秋の来雁と、春の帰雁。

霜も置きぬがに 「がに」は「〜ほどに」「〜そうに」の意味。動詞と助動詞の終止形に付いて、程度を表す言い方。

解説

生活のけじめ

昭和の三十年代まで、日本の農村においては、小・中学校にも、農休みというものが残っている地域があった。田植えと稲刈りの時期には、学校が臨時休校になったのである。農繁期は、猫の手も借りたいほどの忙しさ。だから、子供も貴重な労働力だったのである。中学生の男子は、農作業の手伝い。中学生の女子は、三食のまかないを手伝ったものである。小学生以下は、子守や雑用をして、村一丸で田植えと稲刈りを行なったものである。驚かれる読者も多いことだろうが、約六十年前の農村とは、そんなところだった。耕作のための役牛が現役で活躍していた時代である。

この六十年、もっとも機械化が進んだ産業は、農業であるといえる。農業が機械化され、各家に自動車が普及する以前は、デヅクリ小屋なるものもあった。この小屋は、農作業を行なうための仮小屋で、農具の保管のほか、農繁期には、寝泊まりもされたのである。その多くは、春に雨露をしのぐだけの仮小屋が建てられて、秋となり稲刈りが終わると撤去されるのが普通だった。

これが、『万葉集』でいう「秋田刈る仮廬」である。今日では、数日で稲刈りは終わるが、古代においては一ないしは二か月を要したようである。これは、早稲《わせ》・中手《なかて》・晩稲《おくて》を植えたからである。そのため稲刈りの終わりごろになると来雁の季節となったものと思われる。したがって、「稲刈りの終わり」→「仮廬の撤去」→「来雁」という農生活のリズムが存在していたようなのである。

ところが、この年に限っては、仮廬の撤去もまだ終わっていないのに、雁がやって来てしまったのである。なんと今年の来雁は早いのだろう。もう冬だなぁーという驚きが、この歌には、表現されているのである。

生活のリズムということ

例えば、奈良では、よく春先の時候の挨拶に、「お水取りの後先」ということを話題にする。「お水取り」は、南都・東大寺の修二会《しゅにえ》で、元来は旧暦二月を中心に行なわれる法会のことである。現在では、新暦の三月十二日にクライマックスの籠松明《かごたいまつ》が上がり、十三日の未明に秘儀「お水取り」が行なわれる。

これが、春を迎える行事として広く知られているのであるが、例えば三月の初日あたりに寒ければ、

――やっぱり、お水取りが終わりませんと、あったこうなりませんなー

という挨拶言葉になる。対して、三月の初日に暖かい日が続いていれば、

――今年は、お水取りが終わらんさきから、あったこうなりましたわ

ということになる。こういった挨拶が交わされるのは、お水取りを自分たちの生活している地域に春を呼ぶ祭りと、認識しているからである。

ひるがえって、黒麻呂がこのような歌を詠って、それに共感した人びとは、以上のような季節感を共有している人びと、ということになる。してみると、黒麻呂が当該の歌を公表したのは、例示したような季節感が、ある程度共有されていることを、前提としているだろう。なぜならば、わかってもらえないことを前提に、歌の表現が構想されるとは、考えられないからである。

季節と恋は、日本の詩歌史千四百年の普遍的テーマなのだが、今回取り上げた歌は、そのズレを歌っているわけである。ズレと意外性を歌う時ほど聞き手や読み手の経験や知識を慮る必要があるのである。

原文

秋田苅　借廬毛未壊者

鴈鳴寒　霜毛置奴我二

訳文

稲刈りの仮廬もいまだ取り壊さぬうちから、雁の声はもう冷え冷えとしているではないか。まるで霜も置かんばかりに

歌人

忌部首黒麻呂（生没年未詳）

この作者については、よくわからないが、天平宝字二（七五八）年に、外従五位下、同三年には連《むらじ》の姓《かばね》を賜っている。さらに、六年、内史局助となったことが、『続日本紀』によって知られる。

山照らす紅葉

長屋王《ながやのおほきみ》の歌一首

味酒《うまさけ》
三輪《みわ》の祝《はふり》が
山照《て》らす
秋の黄葉《もみち》の
散らまく惜《を》しも

（長屋王　巻八の一五一七）

体感訳

（美味い酒といえば三輪）
その三輪の神主たちが守っている
山を照り映えさせる
秋のもみじ……
（かの見事なもみじが）散ってゆくのは、
なんとも惜しい！

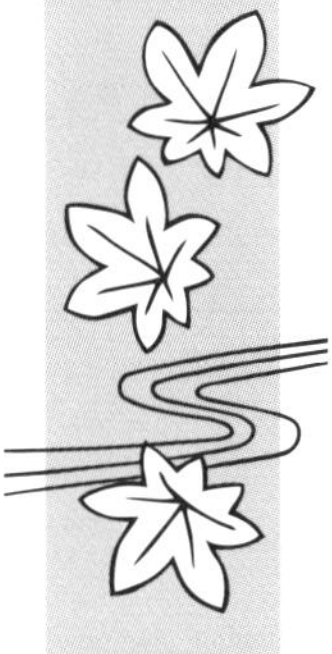

ことば

味酒　地名「三輪」に係る枕詞。『万葉集』には「味酒之《うまさけの》」（巻十一の二五一二）、「味酒乎《うまさけを》」（巻十三の三二六六）の例もある。「味酒」はうまい酒の意であり、うまい酒を神に捧げるので大和を代表する神の山のある三輪（ミワ）に係るのであろう。さらには、その神に捧げるうまい酒を入れる容器も「ミワ」という。

三輪の祝が　奈良県桜井市三輪付近。「三輪の社《やしろ》」といえば現在の大神《おおみわ》神社をいう。ご神体は社殿にはなく、三輪山そのものが神体山である。今も本殿はなく拝殿しかない。ヤシロとは、ヤを建てるためのシロ、すなわち空間である。苗を植える「ナエシロ」「ナワシロ」、糊を塗る「ノリシロ」と同じで、神を宿す建物（ヤ）を臨時に建てるところがヤシロである。三輪山は、神のヤシロのある山なのである。「祝」は、そのヤシロを守る祭祀者《さいし》のこと。

山照らす　山を照らす。すなわち照り映えるという意味。

秋の黄葉の　黄葉は紅葉と同じで、黄と紅どちらで木々の色づきを代表させるかである。万葉びとが学んだ時代、中国の詩文では「紅葉」より「黄葉」が一般的であったので、「黄葉」と表記されている。

散らまく惜しも　散るのが惜しいということ。それは、今が盛りであることを褒め讃えていうのである。

解説

紅葉は山を照らす

「照らす」といえば日月や灯などの光源があり、それが何かの物体を照らし出すことをいうのが今も昔も一般的であろう。ところが、花や紅葉が、光源となって何かを照らし出すという表現がある。

春の苑《その》　紅《くれなゐ》にほふ　桃の花　下照る道に　出で立つ娘子《をとめ》　（巻十九の四一三九）

などはそのよい例であり、桃の花の明るさが道を照らすのである。当該歌の場合は、黄葉すなわち紅葉が三輪山を照らすのである。つまり、三輪山が紅葉によってあたかも照り輝くごとくに、紅葉が鮮やかであるということである。だから、散ってしまうのが惜しいのである。それほど、美しかったということである。

当該歌には、山を照らす「もみち」（黄葉）の美しさをあらためて発見した驚きのごときものが表現されている。三輪山の紅葉を知った時の感動を歌ったのである。

秋ともなれば、全山が紅葉して、山照らす状態になることなど誰でも知っている。ところが、「三輪山もそうなんだ」と、作者は実感する機会を得たのである。

そういった作者が実感した三輪山の紅葉の美しさを、他人に歌で伝えようとした場合、こういう表現をとったのである。すると当然、三輪山の説明もしなくてはならない。上三句は、三輪山の説明となっている。長屋王は、平城京を主たる住地としていたであろうから、特定の理由がない限り、三輪山まで南下することは少なかったはずである。その所用についてはわからないのだが、ふと見ると三輪山全体が照り出されるごとくに紅葉していたのであろう。

歌の功用

歌というものは、その時々の気分や印象のようなものを長く記憶に留めるという功用のごときものがある。したがって、はじめて見た時の感動を忘れないようにしたいという時に、人は写真機のシャッターを押す。だから、カメラの写真に写るのは、はじめてのことやはじめての場所が多い。それと同じように、人ははじめての感動を忘れないように、歌を残したのである。ちなみに、畝傍《うねび》山の紅葉と三輪山の紅葉を見たことがあるが、自分自身が思っていたよりも、紅葉樹が多いことに驚いた記憶がある。

歌と写真は、よく似ている。一つのかたちにすることによって、記憶を残すという点では共通しているからである。散るのが惜しいとは、そのまま見ていたいという気持ちを表するとともに、その見事さを褒める表現といえるだろう。大和の土地の代表神のいる山の紅葉は、おそらく、土地神の神意として受け取られたはずである。春の花に対応する秋の紅葉を神意ないしは神への捧げものとする発想が、その根底にはあるのであろう。

原文

味酒　三輪乃祝之　山照
秋乃黄葉乃　散莫惜毛

訳文

（味酒）三輪の祝が守っている山を照らす秋の紅葉が、散ってゆくのは惜しいことだ

歌人

長屋王（六八四－七二九）

高市皇子《たけちのみこ》を父に、御名部皇女《みなべのひめみこ》を母に持つ皇親。宮内卿、式部卿、大納言、右大臣となり、神亀元（七二四）年左大臣となり、政権の首班となった。ところが、天平元（七二九）年二月讒言《ざんげん》により、自ら命を絶つ。いわゆる「長屋王の変」である。私邸作宝楼《さほろう》に、当代随一の文人たちを招いての詩会の様子は、『懐風藻』によって知ることができる。

尼さんの部屋で大宴会!?

故郷《ふるさと》の豊浦《とゆら》の寺の尼《あま》の私房《しばう》に宴する歌三首

明日香川《あすかがは》
行《ゆ》き廻《み》る岡《をか》の
秋萩《あきはぎ》は
今日《けふ》降る雨に
散りか過ぎなむ

右の一首、丹比真人国人《たぢひのまひとくにひと》

（丹比真人国人　巻八の一五五七）

体感訳

飛鳥川のめぐり流れる
その岡の秋萩は……
今日降る雨で
散ってしまうのだろうか
（あぁ、なんとも惜しい！）

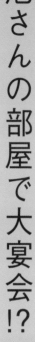

ことば

故郷　古い都となった飛鳥をいう言葉。

豊浦の寺　推古天皇の宮であった豊浦宮の址《あと》に建てられた寺院。わが国最古の尼寺といわれる。飛鳥の豊浦にあった。

尼の私房　房とは小部屋のこと。長屋の一室が個人の居に充てられ、「私房」と呼ばれたのであろう。

明日香川　奈良県明日香村を南東から北西に流れる川。

行き廻る岡の　明日香川がその周りを廻るように流れることを表している。具体的には、飛鳥の甘《あま》樫丘《かしのおか》をさす。

秋萩は　甘樫丘の特定の場所に萩の群生があったのであろう。

今日降る雨に　今日降る雨によって、という意。

散りか過ぎなむ　散ってしまうのだろうかと、現時点で甘樫丘の萩の様子を推定している。

解説

尼寺、それも尼さんの部屋で宴会！

尼僧の部屋で、男たちが宴会とは、不謹慎と思われるかもしれないが、

橘の　寺の長屋に　我が率寝《ゐね》し　童女放り《うなゐはなり》は　髪上げつらむか　（巻十六の三八二二）

という歌もあり、年端もゆかぬ少女を寺の長屋に連れ込んで寝たという歌もあるので、驚くに

はあたらない。日本社会が中国から受け入れた仏教とは、それほど厳格に戒律の遵守を求めるものではなく、そうであるがゆえに、日本社会に広く受け入れられたと考えるのがよいだろう。では、当時の尼僧の部屋での宴会は、どのようなものだったのだろうか。続く歌を見てみよう。

鶉《うづら》鳴く　古《ふ》りにし郷《さと》の　秋萩を　思ふ人どち　相見《あひみ》つるかも

秋萩は　盛《さか》り過ぐるを　いたづらに　かざしに挿《さ》さず　帰りなむとや

右の二首、沙弥尼等《さみにども》（巻八の一五五八・一五五九）

とあって、「沙弥尼」すなわち、女性の出家者の歌が続いて収められている。つまり、出家者、在家者で宴会をしたようなのである。

秋萩を肴に

では、この日の宴は、何にちなむ宴であったかというと、萩の花見であろう。萩が花見の対象であったことは、

秋風は　涼しくなりぬ　馬並《な》めて　いざ野に行かな　萩の花見に

（巻十の二一〇三）

とあるように、一般的であった。秋風が涼しくなったから、皆で馬に乗って萩の花見に行こうという歌である。つまり、秋の宴会の趣向の一つなのである。けれど、それは表向きのことで、

やはり皆、酒を飲みたいのである。おそらく、甘樫丘で萩の花見をしたあと、甘樫丘の麓の豊浦寺で一杯ということになったのである。そのうち、雨がパラリ。あぁーこの雨で散ってしまうのだろうかと詠みつつも、飲み続けて、ふたたび萩の花を気にして甘樫丘に見に行く者などいないのである。

当該歌に続く二首は、今日の宴会は気のおけない仲間たちとの宴だったから楽しかったと歌っている。宴もおそらく、後半になってからだろうが、誰かが退席しようとすると、尼僧の一人が、せっかく萩の宴に来たのなら、髪に萩の花を簪《かんざし》として挿してお帰りなさい。萩の花を挿さずに帰るのですか、と歌ったのである。

これは、あきらかに、早引けようとする男の足を止める歌である。あなたには、早く帰ってほしくないという意味が込められているのである。ただし、ここは社交辞令の可能性があることも考慮しなくてはならない。なぜなら、いったんは足止めするのが礼儀だからである。

「ふーさん、もう一杯だけ飲んで帰ってくださいよ。まだ、宵の口じゃありませんか。まぁ、一杯。そんなに急がなくても」というところだろう。したがって、髪に挿して帰る萩の花など用意していないからこそ、こういう表現になると思われるのである。そう考えると、一首目の当該歌の意味もよくわかるのではなかろうか。

地味な花であるが、萩の花は、万葉びとが愛好した花であり、住居の庭に植えられていたようである。これは、もともと野の花である萩を移植することが行なわれたからである。また、歌われ方も多様で、花の咲く楽しみを表した歌、散りゆく萩の花を惜しむ歌、さらには下葉の紅葉を歌った歌など多様である。

原文

明日香河　逝廻丘之　秋芽子者
今日零雨尓　落香過奈牟

訳文

飛鳥川がめぐる、この岡の秋萩は、今日降る雨によって、散ってしまうのではなかろうか（惜しいことだ）

歌人

丹比真人国人（生没年未詳）

天平八（七三六）年に従五位下と見え、民部少輔、大宰少弐、右大弁、摂津大夫、遠江守《とおつおうみのかみ》などを歴任する。天平宝字元（七五七）年、橘奈良麻呂《たちばなのならまろ》の乱に連座し、伊豆へ配流。ほかに巻三の三八二、三八三、巻二十の四四四六に作歌を残す。

第7章 冬のうた、新年のうた

今年も良い年になれ！

葛井連諸会《ふぢゐのむらじもろあひ》、詔に応ふる歌一首

新《あら》しき
年の初めに
豊《とよ》の稔《とし》
しるすとならし
雪の降れるは

（葛井連諸会　巻十七の三九二五）

体感訳

新しい
年のはじめにね！
豊年万作の
おさきぶれとなること間違いなし
（こんなに　こんなに）雪が降ったのは
（めでたい　めでたい大雪だ！）

ことば

新しき　「あたらしき」ではなく「あらたしき」。形容詞「あらたし」は、現代語の「新《あたら》しい」に対応すると考えてよい。

豊の稔　漢語「豊年」をヤマトコトバにして、「トヨノトシ」という言葉が作られたのであろう。当然「豊」はゆたかなことをいう。「年」とは、稲作のサイクルを一年としたところから転じた言葉。したがって、古くは〈稲〉と〈稲の魂〉をいう言葉であったものが、転じて一年の意味となった。

しるすとならし　「しるす」は表すだから、「表すこととなる」というくらいの意味となる。「ならし」は「なるらし」を省略したかたち。

解説

応詔歌ということ

この歌は、いわゆる「応詔歌」である。「応詔」とは天皇や太上天皇の命令である詔《みことのり》に応ずること。つまり、天皇の命によって献上したということになる。『万葉集』は、題詞において応詔に至った次第をこう記している。

「天平十八年正月は、白雪が多く降って、地に積ること数寸ともなった。そこで左大臣橘《たちばなのもろえ》諸兄卿は、大納言藤原豊成《ふじわらのとよなり》朝臣とその他の諸王・諸臣たちを引き連れて、元正太上天皇の御所すなわち中宮の西院に参内し、雪掻きの奉仕をさせた。元正太上天皇のご命令によって、大臣参議および諸王は正殿の上で、諸卿大夫は南の細殿にそれぞれ集められ、早速お酒を賜って、酒宴が催された。元正太上天皇の仰せられるには、『汝ら諸王卿たち、まずはこの雪を題にして、各自その歌を奉れ』ということになった」という。

どうやったら酒が飲めるか

お正月、酒が飲みたいが、肝心のお金がない。ならばどうすればよいか。答えは簡単だ。食事どきに、ご年始のご挨拶に参上すればよい。祝福にきた客を無下に帰すわけにもいかず、もてなされること、これ必定。もちろん、そういった場合、にこやかに、めでたいことばを連ね、主人を讃える必要があるけれども……。

天平十八（七四六）年、左大臣・橘諸兄は、従一位すなわち最高位で、時の首班すなわち政権トップの位置にあった。彼は、後に大納言となった藤原豊成（当時は中納言）を筆頭に、平城宮の内裏にあった元正太上天皇の居所を訪ねたのであった。政権のトップの橘諸兄以下諸王・諸臣で、中宮院と呼ばれていた内裏の西にあった元正太上天皇の居所の雪掻きをしよう、というのである。ただし、彼らがほんとうに雪掻きをしたかどうかは書かれていない。

そこで、太上天皇は、彼らを二グループに分けて大臣・参議と諸王は、自分の居所に昇殿させ、それ以下の諸卿大夫は、細殿という隣接した建物に昇殿させて酒を賜ったのである。つまり、新年会になったのである。雪掻きに参りましたというのはいわゆる名目で、年始の挨拶に参上したのであろう。また、ひょっとすると年始の挨拶というのもこれまた名目で、お酒が出ることはわかっていたのではないか。

ここで注目したいのは、橘諸兄らが、雪掻きに参りましたといって太上天皇のところに参上したことである。たしかに、大雪だったようで、雪掻きは必要だっただろうが、これほどの高位高官がわざわざ出向く必要もあるまい。いわば、新年の挨拶の名目に過ぎないのだが、そこには理由がありそうだ。

じつは、新年の雪は、大伴家持《おおとものやかもち》の「新《あらた》しき 年の初めの 初春《はつはる》の 今日《けふ》降る雪の いやしけ吉事《よごと》」（巻二十の四五一六、一九八頁参照）とあるように、豊年の兆《きざし》なのである。だから、雪掻きの参上は、新年の吉兆となったのである。ために、彼らは詔に応じて次々に雪の歌を詠んだのである（巻十七の三九二二～三九二六）。新年の雪にはしゃぐ大臣たち。それも、平城京の歴史の一齣《ひとこま》であった。

原文
新 年乃波自米乃 豊乃登之
思流須登奈良思 雪能敷礼流波

訳文
新しい年のはじめに、豊年を表すというらしい。
まさにいま、雪が降っているということは

歌人
葛井連諸会（生没年未詳）
この歌を詠んだ時は、外従五位下であった。天平十七（七四五）年四月、正六位上から外従五位下となり、同十九年四月、相模守となっている。その後、天平宝字元（七五七）年五月、従五位下となる。『経国集』に二つの漢詩が収載されているが、『万葉集』にはこの一首のみが収載。

消え入りそうな恋って？

降る雪の
空に消《け》ぬべく
恋《こ》ふれども
逢《あ》ふよしなしに
月そ経《へ》にける

（巻十の二三三三）

体感訳

降る雪……
その降る雪が空中で消えさってしまうように
恋しく、いとしく私は思う！
――でも、ふたたび逢うすべもなく、
月は過ぎさってしまった……

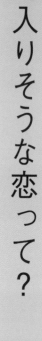

ことば

降る雪の　空に　「消ぬべく」を起こす序だが、だからといって解釈から除外して考える必要はない。当該歌の詩情はこの空中で消えゆく雪のイメージに作者の心情を重ね合わせることによって、はじめて歌意に辿り着くことができるのである。

消ぬべく　まさに今消えさっていってしまいそうに、くらいの意。こう解釈すると、消えさる今が強調されていることになる。「ぬ」は、学校文法でいう完了の助動詞で、「ぬべく」は、「必ズ〜」「マサニ〜デアルニ違イナイ」というように強い確信を表す推量表現である。

恋ふれども　恋しく思うけれどもの意。

逢ふよしなしに　「よし」は方法・手段をいう。ここでは、ふたたび逢うためのてがかりをいう。

月ぞ経にける　ここでの「月」は一か月を示すと考えてよいが、具体的にはそのてがかりがないのである。なすすべもなく経過した時間を具体的に述べている。「に」はいわゆる完了の助動詞。

解説

恋にもいろいろありまして

巻十の「冬の相聞《そうもん》」のはじめに出てくる「柿本人麻呂《かきのもとのひとまろ》歌集」に収載されていた歌。「柿本人麻呂歌集」は、『万葉集』が、その編纂資料とした書物の一つだが、柿本人麻呂自身の歌なのか、人麻呂が集めた歌なのか、柿本人麻呂家に伝わった歌集なのかは、論争のあるところ。どちらにせよ、今日には伝わらないが、柿本人麻呂の名を冠した歌集が、奈良時代には存在していたのである。ただし、人麻呂は、奈良時代の人びとにとってはすでに尊敬の対象であったから、編纂にあたって尊重された資料であったようだ。

「降る雪の空に消ぬべく恋ふる」恋とは、いったいどんな恋なのだろう。

天から降る雪、しかしそれがすべて地上に舞い降りるわけではない。小さな雪、それも淡雪は、空中で消えてしまうというのである。つまり、消え入りそうな恋ということになる。

この消え入りそうな恋とは、いったいどんな恋なのだろうか。淡い恋といえばそうだろうが、逢う手がかりもなく一か月も思っている恋ということになる。おそらく、ここは作者自身の心のありようを考えねばなるまい。つまり、自分自身が消え去るごとき思いをしているということである。

人は、恋をすると

人は恋をすると、

①恋に酔い、恋を偉大なものと考える。

②相手に酔い、相手を偉大なものと考える。

すると、相対的に、自分は小さくなってゆくのである。①と②が偉大であればあるほど、比して自己は卑小となる。それは、心を①②に奪われているからである。それが、あたかも、空中で消えゆく雪のごときものであるといっているのである。

天才漫才師として、一世を風靡《ふうび》した横山やすし・西川きよし。その横山やすし（一九四四―一九九六）は、空前の人気に溺れた後、酒で身を持ち崩し、悲しい最期を迎える。そして、今残されているのは、破天荒な行動と、傍若無人な振る舞いの数々に対する逸話である。一方、意外にも彼がきわめて繊細な人物であったとの証言も多い。その逸話の一つを紹介したい。

彼は、演歌歌手の八代亜紀の大のファンであり、周りの人びとには、その思いの深さを語っていたらしい。また、彼女も自分に惚れているなどという大言壮語をよくしていたということである。それは、八代亜紀にも伝わっていたらしいのだが、やすしは八代亜紀に実際に逢うと一言も発することができず、うなだれてすごすごと退散するだけだったらしい。それでは、さしもの八代亜紀も拍子抜けだったということである。

これは、とあるライブショーで、八代から聞いた話。「えっ、あのやっさんが……」というのが、この話を聞いた人びとの感想だった。あれだけの人気があって、あれだけ傍若無人な人であっても、好きな人の前では、青菜に塩なのかと誰もが思ったのであった。私はこの歌を講読する時、いつもこの話を思い出す。

つまり、恋する者は常に自分を卑小に思ってしまうのである。

これが悲劇をもたらす場合もある。恋愛の対象を著しく美化してしまい、等身大で捉えられなくなってしまうからである。つまり、彼女が聖母マリアになったりするのである。そうなると、相手とのコミュニケーションすらうまくゆかなくなる。恋愛といえども、その基底には、男女を離れた一人の人間としてのコミュニケーションが必要なので、一方的に美化されてしまった相手は困惑するばかりだし、しまいには人間としてのおもしろみを感じなくなってしまう。とある美貌の女優の悩みは、そこにあるという話を側聞したことがある。

原文

零雪　虚空可消　雖恋
相依無　月経在

訳文

降る雪が空に消え入るごとくに、消え入らんばかりに恋しく思うのだが、逢う方法もなく、一か月が経ってしまった

雪の東大寺　大仏殿

古き良きもの

物皆《ものみな》は
新《あらた》しき良《よ》し
ただしくも
人は古《ふ》りにし
宜《よろ》しかるべし

（巻十の一八八五）

体感訳

モノというものはねぇ　みんなみんな
新しい物がよいんだが……。
でもね
人は古くなるのがよろしかろうぞ！
人だけ古いほうがいいのさ

ことば

物皆は　新しき良し　物はみな新しいものがよい、という意味。

ただしくも　ただしの意味。ここでは「そうはいうけれども、ただし……」くらいの意味合いがある。

人は古りにし　人が古くなるということは、当然老いるということを意味する。

宜しかるべし　「〜のほうがよい」くらいの意味で、この「べし」を理解しておいたほうがよいだろう。

解説

齢を重ねることを歌う

じつをいうとこの歌の前には、「冬過ぎて　春し来《きた》れば　年月《としつき》は　新《あら》たなれども　人は古《ふ》り行《ゆ》く」（巻十の一八八四）という歌が置かれている。したがって、当該歌の妙は、歌の続きにあるのだ。まるで、前の歌のいいわけのようではないか。

物は何でも新品がよいに決まっている。が、しかし。いやいや、人だけは違うよと歌っているのである。年月というものは、毎年毎年、毎月毎月、更新されてゆく。しかし、人といったら古くなるばかり。そう一首目で歌っているのである。

ところが、二首目では、物と違って人というものはね、古くなってゆくのがいいんだよと歌っているのである。一首目の訂正であり、否定である。二つで一つのメッセージを出しているのであろう。ここに、二首掛け合いの妙というものがある。

私は、この二首を読むと、奈良・興福寺の国宝無著《むじやく》・世《せ》親立像《しんりゆうぞう》を思い出す。この二人は、古代インドの学僧であるのだが、その尊像は老いたる姿である。しかし、私はこの像を見ると永く学問に励み、その極みに到達した人間ではないのかと思ってしまう。

自分のような浅学の者がいうのも、おそれおおいことなのだが、学問というものには、とにかく時間がかかる。ものごとの深みというものを知るには、とにかく時間がかかる。

年を重ねることによって知るものごとの深み、そして深まる思慮、そういうものを、私は無著・世親立像に感じるのである。マイナスばかりではないのだよ、というメッセージが、この歌にはあるのだ。

古さの価値の発見

古きものの良さを発見する場合、次の二つの場合がある。

一つは、そのものの価値というものを、知識によって理解する場合。例えば、これは八世紀の鐘ですとか、これは日本最古の仏像ですとか、知識によって、その価値が理解され、認識される場合である。文化財としての価値はここに由来するわけである。つまり、知識が価値を保証するのである。

対して、その存在そのものがもっている価値というものもある。それは、知識によって認知される価値とは別に存在する。

古《いにしへ》の
事は知らぬを
我《われ》見ても
久しくなりぬ
天《あめ》の香具山《かぐやま》
（巻七の一〇九六）

という歌は、神話や歴史に対する知識などまったくない私にとっても、「久しい」つまり「なつかしい」という感情が湧き起こるということを歌った歌である。

つまり、香具山のもっている雰囲気のようなものであろう。すなわち、感覚が保証する価値というものもある。

ところで、私は、ドイツのケルン大聖堂に入った時の感動を今でも忘れられない。歴史の空間に身を置いたあの日のことが、今もって忘れられないのである。

が、しかし。恥ずかしい話だが、私はその大聖堂の建立された時代を正確には、いえない。何か、本で読んだ記憶はあることはあるのだが、思いだせない。

でも、それでいいのではないか？　大切なのは、知識だけではない。

私は人と逢う時に、常にその人のもっている雰囲気というものに触れるように心掛けている。

それは、身のこなし、言葉遣い、その一つ一つが、その人の生きてきた歴史というものを背負っ

ている と思うからである。
そんな人の深みこそ、当該歌のいう「人は古りにし　宜しかるべし」なのだと思う。

原文

物皆者　新吉　唯
人者旧之　応宜

訳文

物は皆新しくなるのがよいけれど、ただし、人だけは古くなるほうがよいようだ

初めよければすべてよし！

三年春正月一日に、因幡国《いなはのくに》の庁《ちやう》にして、
饗《あへ》を国郡の司等に賜ふ宴の歌一首

新《あらた》しき
年の初めの
初春《はつはる》の
今日《けふ》降る雪の
いやしけ吉事《よごと》

右の一首、守大伴宿禰家持《かみおほとものすくねやかもち》作る
（大伴宿禰家持　巻二十の四五一六）

体感訳

新しい
年のはじめ
それも、初春！
しかも、雪が降っている！
今日降る雪のように……
重なれ重なれ　良い事が――

ことば

新しき　ここは原文「新」を「あらたしき」と読む。古典語では「あたらし」は惜しいの意味で、「あらたし」が新しいの意味である。

年の初めの　初春の　この年は十九年に一度巡って来る立春正月だった。立春正月とは、立春と正旦が重なる正月のことで、吉日が重なるめでたい正月だった。

今日降る雪の　この歌では、今日降る雪のように、の意味となる。

いやしけ吉事　イヤは、いよいよ、さらにさらにの意をもつ副詞。「吉事」は、よいことすなわち吉兆をいう。

解説

吉兆の雪！

文章のはじめとおわりには気を使うものだ。ましてや、歌集ならば、なおさらである。『万葉集』四五一六首の最後を飾るのがこの歌である。淳仁天皇の天平宝字三（七五九）年の歌である。

この年の元旦、因幡の国庁に、役人たちが集って来た。元旦の儀式とそれに続く宴に出席するためである。時に、大伴家持四十二歳。今でいうなら「官官接待」にあたるが、当時は国庫からの支出が認められていた。

新しい年に降る雪は、当時来るべき年の吉兆といわれていた。吉兆には、人びとの願いが込められている。というのは、新年によいスタートをきれれば、よい一年がやって来ると皆、思うからである。しかも立春正月。「やったやった、今春の元旦は雪が降った。めでたい、めでたい。これに続いてよいことがもっともっと重なってくれよ！」と役人たちは思ったことだろう。民俗学では、予祝という言葉があるが、よき兆をあらかじめ祝った歌なのである。

歌集全体を祝福する

歌集の最終歌は、その歌集を祝福するものでなくてはならない。それを拡大解釈するとこうなるだろう。まず、この『万葉集』という歌集が、次世代も次々世代も読み継がれますように。さらには、和歌がますます盛んになりますように。そういう祈念の意が、ここには込められているのではないだろうか。

家持の気持ちになって代弁すると、「私が編纂した『万葉集』に学び、その伝統を継承せよ。しかし、新しい表現世界の開拓を忘れてはならぬぞ、進め進め後輩たちよ――」となろうか。私は、この歌を読むといつも、そう思う。

季節や年中行事を歌うことの難しさはどこにあるか。それは、どう類型を踏まえて、どう新しさを出すかというところにあるといっても過言ではない。

この歌の場合、お正月に雪が降り、それは吉兆だということを表現しているのだが、天平十八（七四六）年のお正月に雪が降った時、葛井連諸会《ふじいのむらじもろあい》は、詔に応えて、

新《あら》しき
年の初めに
豊《とよ》の稔《とし》
しるすとならし
雪の降れるは
（巻十七の三九二五）

という歌を歌っている（一八四頁参照）。おそらく、家持は、この歌を踏まえているはずである。ひょっとしたら聞き手の中には、この歌を知っている人がいるかもしれない。家持は、そこまで考えたはずだ。伝統詩というものは、常に過去を踏まえて、今を歌うものであり、そこには難しさもある。と同時に、歴史の中を生きてゆく重みや深みも、このように重ねて歌を作ってゆくところにあるのである。ちなみに家持は諸会と同じ詔に応えて、

大宮《おほみや》の
内にも外《と》にも
光るまで
降らす白雪
見れど飽かぬかも
（巻十七の三九二六）

という歌を残している。つまり、正月が巡って来るたびに、その年の正月の歌を作るのである。

原文

新　年乃始乃　波都波流能
家布敷流由伎能　伊夜之家余其騰

訳文

新しい年の初めの正月の、今日降る雪。そのようにもっと積もれ、良い事が……

歌人

大伴宿禰家持（七一七―七八五）
幼少期は、父・旅人《たびと》とともに九州・大宰府に過ごす。天平十（七三八）年、内舎人《うどねり》となったのを振り出しに国司を含め多くの官職を歴任。『万葉集』編者の一人と目されている。『万葉集』には、合計四七九首の歌を残している（一一六頁参照）。

平城京跡の雪

おわりに

本書は、「NHK短歌」に、連載したものをまとめた単行本である（二〇〇九年四月号から二〇一二年三月号まで）。

ちょっと自慢話になるが、私は三十六回の連載をひと冬で書き上げて、一括して原稿を渡した。驚く人も多いが、私とすればあたりまえだ。

二流には二流の、素人には素人のやり方というものがある。毎月、〆切を気にしているようでは、素人は焦って、書けなくなってしまう。だから、連載の一括出稿は、私の流儀なのである。

こういういわば一括納品の流儀は、母や祖母から受け継いだ博多小商人の流儀である。わが家は、零細な洋品店だった。私は洋品店の次男坊なのだ。客から注文を受けると絶対に納期を守って、一括納品する。こう書くと格好よいけれど、中小企業は、納期を守らないと次の注文が来ないのだ。また、納品予定日よりも早く納品準備ができれば、注文先の都合のよい日に納品できる。だから、子供時分から、早いことは最大のサービスだと教えられてきた。

この連載執筆中に、母からこんなことを言われた。超一流は、原稿が遅れても次の原稿依頼が来る。たとえ、原稿が書けなくても、次の仕事が来る。一流は、〆切に間に合わないと次の原稿依頼は来ない。なるほど。さらに、母はこう言うのだ。二流は〆切の前に、原稿を提出しないと次の仕事は来ない、と。私はここまで母の話を聞いて、せつなくなった。こうしないと、二流の洋品店は生き残れないのだ。祖父も、父母も、そうやって、注文を受けてきたのであろう。人さまより、よいものを早く安く納品しないと、次の仕事が来ないのだ。しかし、それでも、家族たちは、仕事を楽しんでいたように思う。仕事を苦とせず、楽しむくらいでないと生きてゆけないのだ。

生ける者《ひと》
遂《つひ》にも死ぬる
ものにあれば
この世にある間《ま》は
楽しくをあらな

（大伴旅人《おおとものたびと》　巻三の三四九）

を、「生きとし生ける者は……　いずれは死ぬもの　だから　だからこの世にある間は　楽しく生きなきゃあ　ソン」と私なら釈義を付ける。

話は、最後に母の話に戻る。私は、母にこう言った。俺は二流だから、原稿は必ず〆切前に出してるよ、と。しかし、母は私にこう言うのだ。お前はまだ三流だ、と。当然、血相を変えて私は聞いた。では、三流はどうしたらよいのか、と。すると母は笑いながらこう言う。出版社に行って、玄関先の掃除でもしていたら、次の仕事が来るかもよ、と。
その母も、今はもういない。たぶん、泉下で本書を見て、苦笑しているだろう。

令和の始めの日に記す

著者

＊本書は「ＮＨＫ短歌」二〇〇九年四月号〜二〇一二年三月号の連載「万葉歌体感塾」をもとに、加筆修正・再編集したものです。

装幀　芦澤泰偉
本文デザイン　児崎雅淑（芦澤泰偉事務所）
表紙&本文イラスト　浅見ハナ
本文写真　牧野貞之
校正　青木一平
梅内美華子
DTP　天龍社

上野 誠（うえの・まこと）

1960年、福岡県生まれ。國學院大學大学院文学研究科博士課程後期単位取得満期退学。現在、國學院大學 教授（特別専任）。博士（文学）。専攻は「万葉文化論」。『万葉びとの奈良』『万葉挽歌のこころ 夢と死の古代学』『万葉文化論』などの著書がある。第15回上代文学会賞、第7回角川財団学芸賞などを受賞。

体感訳 **万葉集** 令和に読みたい名歌36

二〇一九年七月二十五日 第一刷発行
二〇二四年四月 五 日 第二刷発行

著者 上野 誠

発行者 松本浩司
発行所 NHK出版
〒一五〇-〇〇四二 東京都渋谷区宇田川町十-三
電話 〇五七〇-〇〇九-三二一（問い合わせ）
〇五七〇-〇〇〇-三二一（注文）
ホームページ https://www.nhk-book.co.jp

印刷 近代美術
製本 二葉製本

Printed in Japan ISBN 978-4-14-016269-9 C0092